連　鎖

小杉健治

集英社文庫

目次

連鎖

第一章　絵の謎

1

鶴見京介《つるみきょうすけ》が早世した画家枝川紀代彦《えだがわきよひこ》を知ったのは、白金台にある河合正人《かわいまさと》邸を訪ねたときだった。

案内された八畳ほどの広さの応接間の壁に、三枚の絵が飾ってあった。

主人の河合正人を待っている間、京介はその絵の前に立った。水彩画である。

一枚目の絵は、小さな祠《ほこら》のような神社の前で、立烏帽子《たてえぼし》に水干《すいかん》、紅《あか》い長袴《ながばかま》に佩刀《はいとう》という姿の白拍子《しらびょうし》が舞っている。オレンジ色の空だ。次の絵は境内でお百度《ひゃくど》を踏んでいる白い着物姿の女性が描かれている。三枚目は森の絵だ。そこに、少女が子鹿や小鳥たちとたわむれている。

見入っていると、背後にひとの気配がして、京介は振り返った。

河合が入ってきた。四十二歳の渋い顔だちの男だ。

「失礼しました」

京介が頭を下げると、河合も絵の前に立ち、

「枝川紀代彦という画家の絵です」

と、説明した。

「枝川紀代彦……」

「この絵は二十二、三歳のころの作品です」

「なんだか心が洗われ、見ていてとても居心地がいいです。楽しい絵ですね。勇気のようなものが湧いてきます」

「これらは家内が買い求めたのです」

河合が口にした。

「奥さまが？」

「同郷だそうです」

「丹後《たんご》でしたね」

妻女の河合しずかの経歴は調べてある。

丹後は京都府の北部にあたる地域で、日本海に面している。京介が思い浮かべるのは天《あま》の橋立《はしだて》や丹後ちりめんだ。

「そうです。この白拍子、静御前《しずかごぜん》だそうです」

「静御前？　源《みなもとの》　義経《よしつね》の？」

白拍子とは平安時代末期から鎌倉時代にかけて起こった歌舞で、それを舞う芸人も白拍子と言った。

歌舞伎好きの京介は静御前が登場する演目『義経千本桜』を思い浮かべた。

「家内が生まれた京丹後市網野町《あみのちょう》は静御前の生地で、静神社《しずかじんじゃ》があるそうです」

「奥さまはそれで名前をしずかと」

「ええ」

「すると、この絵に描かれているのは静神社ですね」

「そうです」

「お百度参りの地も丹後にあるのでしょうか。こっちの森も」

京介は目を移した。

「地域は違いますが、丹後だそうです」

「作者の枝川紀代彦は今も丹後にお住まいなのでしょうか」

「いえ」

「ひょっとして東京に？」

しずかは京丹後市網野町で生まれ、五歳のときに家族で宮津《みやづ》に引っ越した。そこで高校までを過ごし、東京の大学を出て東京で就職した。

そこが河合正人の父親が社長である『河合製作所』だったことは、京介はすでに知っている。

さっきの問いかけに対して返事がないので、京介は思わず河合の顔を見やった。

軽く頷《うなず》き、河合が言った。

「枝川紀代彦は五年前に亡くなっているのです。二十五歳だったそうです」

「二十五歳ですか……病気ですか。それとも事故？」

「いいえ、自殺だと」

「自殺？」

「心を病んでいたようです」

京介は微《かす》かなショックを受けた。

自殺をしたと聞いて、改めて絵を見て、はっとした。

京介は絵に対しての鑑賞力を持ち合わせていない。だが、さっきの印象とは違って見えた。

希望と絶望、安らぎと不安、ほのぼのとした温かさと冷え冷えとした感情。相反するものが同居している。

「どうぞ」

河合はソファーを指し示した。

「すみません。よけいなお時間を」

京介はあわてて謝り、ソファーに向かった。

低いテーブルをはさんで、京介は河合と差し向かいになった。

河合は五反田に本社がある『河合製作所』の専務であり、いずれ父親の跡を継いで社長になることが決まっているらしい。

「家内の様子はいかがでしょうか」

河合は重苦しい口調できいた。

逮捕から七十二時間は弁護士以外は接見禁止なのだ。

「気をしっかりと保《も》っていらっしゃいます。体調のほうは問題ありません」

「事件については？」

「やはり、肝心なことに口を閉ざしたままですが、不倫のことははっきり否定しています。私もそれは真実だと思っています。今日お伺いしたのは、奥さまから不倫ではないとはっきり伝えて欲しいと頼まれたからです」

「ほんとうでしょうか」

河合は縋《すが》るような目を向けた。

「はい。間違いないと思います。ただ」

「ただ、なんですか」

気負い込んで河合はきいてきた。

「実際はどのような関係なのかがあやふやなのです」

京介は困惑して答えた。

現在、河合の妻しずかは殺人容疑で本所《ほんじょ》中央署に留置されている。逮捕から丸一日が経《た》っている。

京介は札幌市内にある札幌中央第二中学校から市内の高校に進学。それから、東京の大学の法学部に入って四年のときに司法試験に合格し、大学を卒業後に二年間の司法修習生の生活を経て、虎ノ門にある柏田《かしわだ》四郎《しろう》法律事務所で世話になって十年近くとなる。河合正人から電話があったのは七月二十九日だった。最初は所長の柏田への依頼だったが、京介が受け持つことになった。

河合しずかは七月二十六日午後三時ごろ、墨田《すみだ》区江東橋《こうとうばし》六丁目『江東レジデンス葵《あおい》』の四〇三号室の諸岡《もろおか》恭平《きょうへい》宅で、恭平を包丁で刺して殺害した容疑で、事件三日後の七月二十九日早朝に逮捕された。しずかは三十三歳、諸岡恭平は三十八歳だ。

その日の昼前に、京介はさっそく事件を管轄する本所中央署に出向いて被疑者の河合しずかと接見した。

しずかは諸岡恭平が首を絞めて殺そうと襲ってきたので必死に抵抗して台所に逃れ、流しにあった包丁を夢中で摑《つか》んでいた。気がついたとき、包丁の刃が諸岡の腹部に深々と突き刺さっていたと主張している。

が、警察ははじめから殺す目的で諸岡恭平の部屋を訪れたと見ていた。

「家内はどうして諸岡の部屋に行ったのか、何か言ってましたか」

河合は沈んだ声できいた。

「そこがはっきりしないのです。話し合いに行ったというばかりで、その話し合いの内容もはっきりしません」

「…………」

「河合さんは心当たりありませんか」

京介は確かめた。

「ありません」

河合は厳しい顔を向け、

「やはり、家内はあの男と……」

と、不倫を疑っているようだった。

「私は奥さまの言葉を信用していいと思います。ただ、警察はそういきません」

警察は不倫をしていたと決めつけていた。別れ話がこじれての犯行であろうという見方だ。

七月二十六日午後三時ごろ、壁を打ち付ける振動や物が倒れる音に驚いた隣室の住人が管理人に連絡。その隣人と管理人が諸岡恭平の部屋に入って、茫然《ぼうぜん》としている河合しずかを発見した。そばに包丁が突き刺さったまま、諸岡が仰向けに倒れていた。

隣室の住人と管理人の話では、諸岡の部屋のドアに鍵はかかっていなかったという。

被害者の諸岡恭平はフリーのジャーナリストで、最近になって、テレビのワイドショーのコメンテーターとして出演する機会が増えてきた。渋い二枚目で、美人のしずかとは似合いで、ふたり並べば絵になる。それがふたりが不倫関係にあるという先入観になっているようだ。

警察は諸岡が別れ話を持ちだしたと見ている。

諸岡は独身だが、しずかは亭主持ちだ。諸岡はコメンテーターとしてテレビ出演をするようになって、人気が出てきた。不倫が世間にバレたらたちまち好感度も下がる。世間に隠密裏に付き合ってきたが、このままではいつかバレてしまう、と諸岡は恐れた。だから、別れ話を持ちだした。

しかし、しずかは別れたくなかった。翻意を促すために、諸岡の部屋を訪れた。だが、諸岡は訴えを撥《は》ねつけた。逆上したしずかが台所から包丁を取り出して襲いかかった。

それが警察の解釈だ。

だが、不倫関係にあったことが事実だとしても、諸岡のほうが別れ話を持ちだしたという証拠はない。

しずかから別れ話を持ちだし、そのことを諸岡が拒んだという見方も出来る。しずかは諸岡が自分を殺そうとして襲ってきたと主張している。別れ話を持ちだしたしずかに、逆上した諸岡が襲いかかってきたとしても状況的にはなんら矛盾はない。そうならば、正当防衛が成立するかもしれない。

だが、しずかは不倫関係にあったことを否定している。しずかの言い分を信じるならば、諸岡がしずかを殺そうとしたのは男女間の問題ではないことになる。

どちら側に殺意があったかは、鑑識の結果からもはっきりしなかった。ふたりとも体に傷があり、争った形跡があった。特に、しずかの喉に指の跡があった。しかし、揉《も》み合っているうちに諸岡の手がしずかの喉に当たっていたのかもしれない。

いずれにせよ、最終的に刃先が諸岡恭平の腹部に深々と突き刺さったのだ。

「ひとり住いの男の部屋を訪れるのはやはり変です」

河合は苦しそうに言う。

「ドアに鍵はかかっていなかったのです。奥さまはその点は注意をしていたのではありませんか」

「そうですね」

しかし、警察は鍵をかけなかったのは別れ話の翻意を促すために訪れたのだから、鍵のことまで気がまわらなかったとしている。

「過去に、奥さまが不倫をしているのではないかと疑ったことはありませんか」

京介はきいた。

「結婚して八年になりますが、そんなこと一度もありません。もし、不倫をしていたなら、よほどうまくやっていたのでしょうが、彼女はそこまで芝居が出来るような女とは思えません」

河合ははっきり言った。

過去に不倫の経験がなかったから今回も不倫ではないというつもりはないが、京介はしずかの言葉を信じた。

ならば、どのような関係なのか。

「奥さまは、あなたに信じて欲しいと。裏切るような真似《まね》はしていないと言っています」

「だったら、なぜあの男の部屋に行った理由をはっきり言わないのか」

河合は徐々にいらだちを見せはじめた。

「こんなことをお訊《たず》ねするのはどうかと思うのですが、お許しください。奥さまは諸岡に脅迫されているようなことはありませんか」

京介は河合の顔色を窺《うかが》った。

「そんなもの、ないはずです」

河合ははっきり言った。

「あなたには？」

「私が？」

河合は唖然《あぜん》とした。

「仕事上のことでトラブルとか？」

「ありません」

河合は強い口調で否定した。

「諸岡はフリーのジャーナリストです。取材を受けたことは？」

京介はなおもきいた。

諸岡は河合の仕事上のトラブルを知り、そのことをネタにしずかを脅していた。その可能性を考えたのだ。

「ありませんよ。後ろ暗いことはありませんから」

河合は怒ったように言う。

「そうですか。失礼しました」

京介は謝して、

「奥さまは最近、どこかに出かけられたことは？」

と、質問の矛先を変えた。

「出かけるとは、外出という意味ですか」

「いえ。旅行とか」

「六月に宮津に帰りましたが」

「宮津ですか。その詳しい日付を覚えていらっしゃいますか」

　京介は確かめる。

　しずかの実家は宮津だ。両親としずかの妹が同居している。

「ええ。これのカレンダーに予定を入れてありますから」

　そう言い、河合はスマートフォンを取り出し、操作をしていた。

「六月十五日から十八日まで出かけています」

　河合は画面を見て言う。

「ひとりでですか」

「そうです」

　京介は考えた。

「それは前から決まっていたのですか」

「いえ、そうではなかったようです。それが何か？」

　河合は怪訝《けげん》な顔をした。

「いえ、参考までお訊ねしただけです」

「鶴見先生、見通しはどうでしょうか」

「いつか、奥さまは心を開いてくれると信じています。そうしたら、きっと……」

「どうか、家内を助けてください」

河合は頭を下げた。

「明後日から家族の方も面会できます。どうか、安心させてあげてください」

京介は立ち上がり、もう一度壁の絵に目をやった。

翌々日の午後、虎ノ門の事務所を出て新橋まで歩き、都営浅草線に乗って押上《おしあげ》で降りた。スカイツリーを背後にして、京介は本所中央署に向かった。

接見室で、アクリルボード越しに、河合しずかと向かい合った。

「一昨日《おととい》の夜、ご主人にお会いしてきました」

京介は口を開いた。

「朝一番で面会に来てくれました」

「そうですか」

「不倫のことについては何もきかれませんでしたが、私を信じていると言ってくれました」

しずかはほっとしたように言い、

「ただ、諸岡さんとはどういう関係か、気にしていました」

と、表情を曇らせた。

「何とお答えに？」

「私を信じてと」

「河合さん、警察はあなたと諸岡恭平さんが特別な関係にあったと考えているのです。ほんとうのことを言わないと、このままでは……」

「先生」

しずかは口を開いた。

「ほんとうに話し合いに行っただけなんです。そのことで口論になって」

「話し合いが何なのか、そのことを教えていただきたいのです」

「それは……」

しずかは言いよどんだ。

「誰かの代わりにですか」

京介はきいた。

「いえ」

しずかは首を横に振った。

「あなたは誰かを守ろうとしているのですね」

しずかは俯《うつむ》いたままだ。

「もう一度、お訊ねします、諸岡さんと知り合ったきっかけは？」

「上野の都美術館で」

しずかは少し顔を上げた。

「いつのことですか」

「六月の終わりころです」

しずかは視線を落として言う。

「河合さん」

京介は語調を強めた。

「このままでは警察の主張を覆すことは出来ませんよ」

「調べていただければ、私と諸岡さんに関係がなかったことはわかっていただけるはずです。ただ、揉み合った末とはいえ、私が諸岡さんを殺したことには変わりありません」

しずかは激しい口調になった。

「しかし、相手が殺そうと襲ってきたのなら正当防衛です」

京介は訴えるように言う。

「正当防衛にしろ、私の手には包丁が突き刺さったときの感触が残っています。これは消えません」

「夢中で包丁を摑んで、気がついたら相手の腹部に突き刺さっていたのではありませんか」

「ですが、手には感触が残っているんです」

しずかは自分の手を見た。

「人間には生きる本能があります。危険に際し、防衛しようとするのは当然の行為です。そのことを法では裁けません」

「………」

「あなたが、正当防衛なのにひとを刺したことに責め苛《さいな》まれ、罰を受けようとしたら、真実からかけ離れたことが事実とされてしまいます。つまり、あなたと諸岡さんは不倫関係にあったが、別れ話を持ちだされてカッとなったあなたが諸岡さんを刺した……。いいのですか、こう決めつけられて？」

しずかはまた俯いた。

「あなたには罪の意識があり、どんなことでもあまんじて受け入れようとしているかもしれない。しかし、それであなたのご主人やご両親はどうなるのですか。嘘《うそ》を事実として受け入れさせるのですか」

京介は身を乗り出し、

「真実を隠してはなりません」

と、言葉をつくした。

「自分の妻が不倫相手に別れ話を持ちだされて逆上して相手を殺した。これが事実だとしたら、ご主人にとってこれほど侮辱的であり、妻からの最大の裏切りはないのではありませんか。ご主人は不倫を信じないと言っていましたが、あなたがこのまま起訴されたら、周囲の者は信じてしまうでしょう」

「………」

しずかは口に手を当てて嗚咽《おえつ》を堪《こら》えた。

京介は話題を変えた。

「おふたりの出会いは？」

「私が会社に事務員として入ったとき、あのひとが上司で。会社の仲間との呑《の》み会《かい》や社員旅行などにもいつも彼も参加して」

しずかは目を細めて言う。

「いつしかお互いを意識し、付き合うようになったのですね」

「はい」

「いずれ、社長になられるのでしょう」

「ええ、長男ですから」

「ご主人はあなたを愛していらっしゃる。私にもよくわかります」

「………」

しずかは涙ぐんだ。

「そんなご主人をあなたは裏切っていたことにされてしまうんですよ」

京介は畳みかけて、

「このままでは、あなたはご主人をも社会的に殺すことになりかねない」

と、強く訴えた。

「そうですね。誰も信じてくれないでしょうね」

「ほんとうのことを話していただけますか」

京介は期待した。

しかし、しずかの返事は予想外のものだった。

「私、あのひとと別れます」

「えっ？」

「これ以上、迷惑はかけられません。離婚します。明日、面会に来たときに告げるつもりです」

「いけません」

京介は強い口調になった。

「気弱になってはいけません。最後まで闘いましょう。たとえ、今は不利な状況でも必ず活路は見出《みいだ》せます」

「………」

「いいですね。早まった考えは持ってはいけません」

京介はなんとかなだめた。

2

京介は諸岡恭平の友人を仕事場に訪ねた。大学の同窓生で、糸田《いとだ》雄次《ゆうじ》という税理士である。

田町駅に近いビルの四階に事務所があった。

ドアを開けて、入口にいた事務員に糸田の名を告げた。すると、窓を背に大机の前に座っていた男が立ち上がってやってきた。

金縁の眼鏡をかけた四角い顔の男が、

「糸田ですが」

と、名乗った。

「さきほど、お電話した弁護士の鶴見です」

　名刺を差し出し、京介は挨拶する。

「どうぞ」

　入口横にある応接セットを示した。

　京介は糸田と向かい合って座り、

「このたびはご友人の諸岡恭平さんが突然のご不幸で……」

　と、悔やみを述べた。

「最近、あいつは調子に乗っていましたからね」

　糸田は表情を曇らせた。

「調子に乗っていたというと？」

「テレビにも出だしてだんだん知名度が上がり、偉くなったような気がしていたんじゃないですか。勘違いしていたんですよ」

　糸田はやりきれないように言う。

「糸田さんは、河合しずかさんという女性をご存じでしたか」

　京介はきいた。

「諸岡を殺した女ですね。いえ、知りませんでした」

「諸岡さんが女に殺されたと知って、何があったのだと思いましたか」

「犯人が女だと聞いて、耳を疑いましたね」

糸田は顔をしかめて言う。

「どうしてですか」

「彼は二年ほど前にテレビに出はじめてから、女性関係には注意を払っていました。なにしろ、有名になりたいと思っていましたからね。だから、好感度を上げることだけを考えているようなところがありました。ただ、仲間うちではちょっと偉ぶっていましたがね」

「じゃあ、不倫というのは？」

「数年前の奴《やつ》ならともかく、今の彼は、女には注意をしていました。たまに、銀座のクラブに行ってもホステスの誘いにも乗らなかった」

「では、不倫なんて考えられないと？」

「ええ。本人も言っていました。芸能人が不倫で騒がれているのを見て、あんなことで一生を棒に振るなんて愚か者のすることだと」

「そう言っていたのですね」

「ええ」

「警察には、そのことを？」

「話しましたよ。でも」

糸田は苦笑し、

「口で言っていただけではないかと信用していませんでしたね。相手の女性は美人だそうですね」

「ええ、きれいな方です」

「いくら立派な信念を持っていても、目の前に絶世の美女が現われたら、男なんて心がころっと変わるもんだと、刑事は言ってましたよ」

「あなたはどう思いましたか」

「不倫をしているようには思えませんでした。でも、実際にしていたとしても私にも気づかれないようにしていたでしょうから」

糸田は口元を歪《ゆが》め、

「警察が言うように、隠れて不倫をしていたが、このままではまずいと思って別れ話を持ちだした。それで、女が逆上したというのも頷けないことはないですね」

「もし、不倫をしていたとしたら、ふたりはどこで出会ったと思われますか」

京介はきいた。

「さあ」

糸田は首を横に振った。

「諸岡さんは取材で旅行に出かけることもあったのでしょうか」

「ええ。よく行ってましたね」

「今年の六月十五日から十八日まで、諸岡さんが何をしていたかわかりませんか」

「六月十五日から十八日ですか」

糸田はスマートフォンを取り出した。指で操作をして、

「十五日は大学の同窓会がありました。諸岡も来ていました」

糸田は答え、

「それから六月十七日は、友人の画家が個展を開いたのでいっしょに会場に行きました。帰りに銀座のクラブに寄りました」

と、画面から顔を上げた。

「諸岡さんは絵の趣味も？」

「いえ。そっち方面はあまり興味ないようです。義理で行っただけです」

「ええ。絵はよくわからないと言ってましたよ」

「諸岡さんは絵に興味ないのですか」

「美術館に行くことはありましたか」

「諸岡が、ですか」

糸田はきき返した。

「ええ、ひとりで」

「さあ、きいたことはありませんね」

「たとえば、先ほどの個展を開いた友人が美術展に出品していて、義理で出かけたとか」

「それはないですね。それに義理で行くなら、ひとりでは行かないと思いますよ」

「そうですか」

「なぜ、そのようなことを？」

「河合しずかさんは諸岡さんと上野の都美術館で知り合ったと言っているんです」

「美術館ですか」

糸田は首を傾《かし》げた。

「やはり、変ですか」

「ええ、諸岡が美術館に行くイメージが湧きませんね。でも、テレビでいろいろな分野のコメントを求められますから、そのために知識を仕入れに行ったのかもしれません」

「でも、にわか仕込みではちゃんとしたコメントは出来ないのでは？」

「その点、要領がいいというのか、彼は知らない世界のことでも、もっともらしく話すことに長《た》けていました」

「美術関係でもですか」

京介は確かめる。

「ええ。そう、いつだったか、テレビである画家が取り上げられたことがあるんです。

その絵に関する論評が鋭いと評判になって。あとで、本人にきいたら、思いつきで話したと言ってました。そういう才能はたいしたもんだと思いました」

　糸田は感心したように言う。

「じゃあ、その画家の絵を美術館に見に行ったということは？」

「有名な画家じゃないですからね。それに若くして亡くなった画家ですし」

「若くして亡くなった？」

　京介は聞きとがめ、

「その画家の名は？」

　と、糸田の顔を見つめた。

「さあ、ちょっと思いだせないですね。なんでも、二十五歳で自殺をしたとか」

「枝川紀代彦では？」

「……ああ、そうです。そんな名前でした」

「なぜ、枝川紀代彦が取り上げられていたのですか」

　京介はきいた。

「その番組の中の〈埋もれた天才たち〉というコーナーで、取り上げられたんです。もちろん、出演者は皆その画家のことは知りませんでした。幾つかの作品が紹介され、コメンテーターたちがそれぞれ感想を述べたのです。その中で、諸岡は明るい絵なのに翳《かげ》があると言い、この作者は心に闇を抱えていたのではないかと指摘したのです。さらに、この作者には常に死というものが付きまとっていると指摘した。そのあとで、司会者がこの画家は五年前に自殺をしていると伝えたんです。数枚の絵から作者の死を暗示したことで、司会者から枝川紀代彦を知っていたのではないかときかれたほどです」

「諸岡さんは枝川紀代彦を知らなかったのですね」

　京介は確かめる。

「ええ、知らなかったはずです」

「諸岡さんの出身は木更津《きさらづ》ですね」

「ええ。生まれは東京ですけど。両親が離婚して、彼は母親の実家がある木更津で育ったということです」

「丹後半島に旅をしたことはあるでしょうか」

「さあ、聞いたことはありません。取材ではどこにでも行っていたようですが、旅から帰るといつも土産をくれました。丹後の土産はなかったと思います」

「そうですか」

「丹後に何かあるのですか」

「枝川紀代彦は丹後の出身だそうです。河合しずかさんもそうです」

「そうなんですか」

事務員が糸田を呼びにきた。

「お電話ですが」

「わかった。ちょっと失礼します」

「いえ、私もこれで」

京介は立ち上がった。

翌日、京介は太陽テレビの朝のワイドショーの担当ディレクターを訪ねて六本木にある本社まで行った。

一階のロビーの隅にある応接セットで待っていると、四十歳ぐらいの禿頭《とくとう》の男が受付に寄ってからこちらにやってきた。

京介は立ち上がって迎えた。

「ディレクターの笹森《ささもり》です」

男は名乗った。

京介も名刺を出して挨拶をした。

腰を下ろして、京介は切り出した。

「〈埋もれた天才たち〉というコーナーのことなのですが、そこで取り上げる天才はほとんど無名のひとたちですね」

「そうです」

「そんな無名のひとたちをどうやって捜し出すのですか」

「スポーツ、芸能、芸術などの分野で第一線で活躍しているひとにきくと、自分より才能があると思っていたが、芽が出ず消えていったというひとがいるんです。そういうひとたちに声をかけて、現在何をしているかを聞きだし、番組で紹介するのです」

「枝川紀代彦という若くして亡くなった画家を取り上げたことがありますね」

京介は身を乗り出す。

「ええ。五月の放送でした」

「本人は亡くなっていますが、どうして枝川紀代彦を知ったのでしょうか」

「あれは、美術評論家の前島淳《まえじまあつし》さんからの推薦です」

「前島淳さんですか」

「ええ。すでに亡くなった画家だが、生きていれば大家と呼ばれるようになったはずだと言ってました。絵も見せていただきましたが、素晴らしいと思いましてね」

「枝川紀代彦を取り上げたとき、コメンテーターとして諸岡恭平さんが出演されていたそうですね」

「ええ、そうでした」

笹森は暗い顔になって、

「まさか、あんなことになるなんて」

と、呟《つぶや》いた。

「番組で、諸岡さんは枝川紀代彦の絵の論評をしたそうですね」

「ええ、作者の内面を読み取ったコメントに視聴者からも称賛の声が上がっていました。そういう鋭さが諸岡さんにはあり、素晴らしいコメンテーターでした」

「具体的に、どんな話を？」

「最初は夭逝《ようせい》した画家の絵とだけ紹介したのです。他のコメンテーターが明るい作風や夢とかロマンを感じる、元気をもらえるなどと評したのですが、諸岡さんは明るい色彩の裏に翳を感じると言ったんです。作者は心に闇を抱えていたのではないかと」

笹森はいったん言葉を切った。

「そのあとで司会者が、じつは枝川紀代彦は二十五歳で青酸カリを飲んで自殺したと明かしたのです。スタジオにいたひとは、諸岡さんに枝川紀代彦のことを知っていたのではないかときいたのですが。諸岡さんは知らないと答えていました」

糸田の話したとおりだ。

「その後、ＶＴＲ出演の前島淳さんが、作者の絵には希望とか飛躍を感じるが、それと同時に不安のようなものが垣間見《かいまみ》える。それが黒や濃紺の使い方だと解説されました」

「なるほど」

「諸岡さんと犯人の女はやはり不倫をしていたのですか」

笹森はきいた。

「いえ、被疑者は不倫を否定しています。不倫の証拠もありません」

京介ははっきり言った。

「そうですか」

笹森は目を細め、

「私も諸岡さんの葬儀には参列しましたが、かなりファンも訪れていました。これからもっと活躍するだろうと期待していただけに残念です」

と、溜《た》め息《いき》交じりに言った。

笹森と別れ、テレビ局の外に出てから、京介は美術評論家の前島淳に連絡をとった。前島淳は夕方に銀座の個展を見に行くとのことで、近くの喫茶店を指定した。

3

約束の四時に、新橋に近い待ち合わせの喫茶店に行くと、すでに前島淳は来ていた。ベレー帽をかぶってパイプを口にくわえている姿が似合いそうな白髪の紳士だが、よれよれのブレザーを着ていた。

熱心に書き物をしていて、京介が近づいたのにも気づかなかった。広げていたのは原稿用紙だった。

「失礼します。前島先生ですね」

京介は声をかけた。

前島淳は美術大の教授ということだった。

前島は顔を上げ、

「どうぞ」

と、向かいに座るよう勧める。

原稿用紙を片づけながら、

「美術雑誌の原稿の締切りが迫ってましてね」

と、口にした。

「すみません。お忙しいところを」

京介は詫《わ》びた。

ウエートレスにコーヒーを頼み、

「さっそくですが、枝川紀代彦について教えていただきたいのですが」

と、京介は切り出した。

「先生は枝川紀代彦のことを前々からご存じだったのですか」

「いや、知らなかった。彼は美大を出ていたり、どこかの団体に所属しているわけではなかった。独学で絵を描いていたようだからね」

前島はカップの底に残っていたコーヒーを飲み干し、

「六年前、京都の河原町《かわらまち》にある『高雅堂《こうがどう》』という画廊で、面白い絵を見つけた。最初は安野《あんの》光雅《みつまさ》の絵かと思いました」

「安野光雅ですか。そういえば、確かに」

京介は河合の家の応接間で見た枝川紀代彦の絵を思いだした。そう言われてみれば、安野光雅の作品に色の使い方も似ているかもしれない。

「安野光雅をご存じですか」

「ええ、世界的な方ですから」

その方面に疎い京介も安野光雅の絵本や絵を目にしたことはある。

安野光雅は画家・装幀家《そうていか》・絵本作家である。

「白拍子が舞っている絵ですが、大空に飛翔《ひしょう》するようなエネルギーに満ちあふれている。何か惹《ひ》きつけるものがあった。じっと見つめていたら、画廊の主人が枝川紀代彦ですと言ったんだ」

「枝川紀代彦はその画廊に絵を持ち込んでいたのですね」

「そうだ。画廊の主人も安野光雅を感じ、きいたそうだ。やはり、安野光雅が自分の師だと言ったそうだ」

「師事していたのですか」

「いや、勝手に師と仰いでいただけだ。絵の勉強は独学で、ただ安野光雅をひたすら追究していったようだ」

「そうでしたか」

「だが、売れなかった。それでも、その画廊は三枚ばかり買い取ったそうだ。地方の若者が独学で画家を目指していることに応援してやりたい気持ちもあって、一度新聞のエッセイに枝川紀代彦のことを書いた。それからしばらくして画廊の主人から電話があって、枝川紀代彦の画が三枚とも売れたと」

「ああ」

京介は思わず声がもれた。

その三枚は河合家の応接間に飾ってある絵だ。

「買ったひとはどんな方なんですか」

「東京からやってきた夫婦だったそうだ」

間違いなかった。

「それから半年ほど経ったころ、そう今から五年前だ。また、画廊の主人から電話があって、枝川紀代彦が自殺をしたと知らせてきた」

「……」

「そして今年の五月、テレビのワイドショーの企画で、埋もれた天才を特集するので誰か知らないかと言うので、枝川紀代彦のことを教えたのですよ」

「そうでしたか」

「テレビ局のほうで、枝川紀代彦の実家まで取材に行ったそうだ」

　前島は言い、

「これから枝川紀代彦も日の目を見るようになると思うが、もう本人はいないわけだからね」

　と、残念そうに溜め息をついた。

「なぜ、枝川紀代彦は自殺をしたのでしょうか」

「実家でもわからなかったようだ。やはり、心を病んでいたのだろうね」

「家族は？」

「枝川紀代彦の両親は離婚し、五歳のときに叔父夫婦に預けられたということだ。実家といっても叔父夫婦の家だ」

「叔父夫婦は枝川紀代彦が画家を目指していることに賛成していたのでしょうか」

「いや。食えるわけがないと反対していたそうだ。その家では、紀代彦はやっかい者だったという」

「コメンテーターだった諸岡恭平さんが、枝川紀代彦の作品を見て、鋭い指摘をしたそうですね」

「ええ。私もテレビを見ていて、驚いた。明るい色彩の裏に翳を感じる。作者は心に闇を抱えていたのではないかという感想だった。私は最初に絵を見たときには明るい希望に向かっていく力強さを感じていたからね。だから、あのような諸岡さんの意見を聞いたとき、てっきり枝川紀代彦が自殺したことを知っているのだと思ったよ。でも、知らなかったのだろう。だから、正直驚きました」

「諸岡さんの意見は的を射ていたわけですね」

京介は確かめた。

「ええ。私も枝川が自殺したあとに、見方が変わったからね。確かに、明るい絵なのに翳を感じた。心に闇を抱えていたという指摘もうなずける」

「心の闇とはなんでしょうか」

「生い立ちに要因があるのだろう。実の両親から捨てられて、叔父夫婦に預けられた。そこでも決して仕合わせではなかったはずだからね」

「…………」

「そんな子どもを慰めたのが安野光雅の絵本だったようです」

安野光雅は一九六八年に『ふしぎなえ』で絵本作家としてデビュー。この作品は一九七〇年にシカゴ・トリビューン・オナー賞を受賞している。

さらに、一九七四年に『ＡＢＣの本』を刊行、この年に芸術選奨文部大臣新人賞を受賞。この作品はアメリカの「最も美しい五〇冊の本賞」など四賞を受賞。

「『ふしぎなえ』に夢中になった子どもの紀代彦の姿が目に浮かんでくる。やがて、自分も絵を描きたいと思うようになった。閉塞感から逃れる唯一の手立てが絵を描くことだったのだろう。でも、叔父夫婦は絵ばかり描いている子どもに、いい顔はしなかった」

前島は怒りを抑えるように、

「現実からの逃避で描いていた絵も評価されず、焦りがあったのかもしれない。将来に対する不安が彼の心を蝕《むしば》んでいったか」

「でも、先生のエッセイのおかげで絵が売れたのですよね」

「そうです。これからだというのに……」

前島はやりきれないように言う。

「枝川紀代彦は独学で絵を学んだということでしたが、どなたからも絵の基礎などの直接的な指導を受けていないのですね」

「ええ。お手本は安野光雅です。ひたすら、安野光雅の絵の模倣をしていたようだ。勝手に安野光雅に師事していたということでしょう」

「先ほど、叔父夫婦は紀代彦をやっかい者扱いしたとおっしゃいましたね。では安野光雅の絵本を紀代彦はどうやって手に入れたのでしょうか」

「さあ」

前島は首を傾げた。

「私は世のひとたちに枝川紀代彦という画家のことを知ってもらいたいと思い、いつか銀座で回顧展を開きたいと多方面に働きかけている」

「他にも絵はあったのですか」

「私がエッセイで紹介してから、『高雅堂』は枝川紀代彦から数点、手に入れたそうだ。それから、枝川紀代彦が自殺したあと、遺族からアトリエにあった絵をすべて買い取っていた。商売になると踏んだのだろう。抜け目がないね」

「じゃあ、枝川紀代彦が脚光を浴びる日が来るかもしれないのですね」

「ああ。ぜひ、そう願いたい」

前島は意気込んで言った。

「自殺の原因は別のことだという可能性はないのでしょうか」

「別のこと？」

「ええ、たとえば失恋だとか」

「彼に恋人がいたかどうかはわからないが、作品に現われている不安のようなものは、ほとんどの作品に共通しているからね。何年も前の失恋で悩んだ末の自殺ということも考えられなくはないが、違うと思うね」

「そうですか」

京介が失恋を連想したのは河合しずかのことが頭にあったからだ。ふたりは同郷ということだ。幼馴染《おさななじ》みだったということはなかったか。

ただ、しずかのほうが枝川紀代彦より三歳上だ。

前島は改めて京介の顔を見て、

「鶴見先生は諸岡恭平氏を殺した女性の弁護人だそうですが、事件に何か枝川紀代彦が関係しているのですかな」

と、真剣な眼差《まなざ》しできいた。

「いえ、そういうわけではありません。ただ、参考のために」

「参考？」

納得いかない顔で、前島はきき返した。

「京都の画廊の主人が先生のエッセイのおかげで絵が売れたとおっしゃっていましたね」

「そう、三枚売れたそうだ」

「その三枚の絵を買ったのが諸岡恭平さんを刺した女性なのです」

「それはほんとうか」

「はい」

「なぜ、絵を買ったのか」

「彼女は枝川紀代彦と同じ丹後の出身なのです。枝川紀代彦の出身地は京丹後市の久美《くみ》浜《はま》というところだそうですね。彼女は宮津なのです」

「なるほど同郷ですか。それにしても、妙な因縁だ」

「はい」

前島は呟いて、腕時計を見た。

「もうこんな時間か」

「申し訳ありません。とても参考になりました」

京介はあわてて、

「ここは払っておきますからどうぞ」

と、告げた。

「すまないな」

前島はバッグを抱えて急いで出ていった。

京介は伝票を摑んで立ち上がった。

翌日、京介は本所中央署の接見室で、河合しずかと面会した。

「ご自宅の応接間に、枝川紀代彦の絵が三枚飾ってありましたね」

「ええ」

しずかは目を伏せて小さな声で答えた。

「枝川紀代彦と同郷だそうですね」

「ええ」

同じように小さく答える。

「幼馴染みなのでしょうか」

「違います。枝川紀代彦は京丹後市で、私は宮津市ですから」

「離れているのですね」

「そうです」

「あの絵はどこで買い求めに？」

京介はしずかの顔を覗《のぞ》き込《こ》んだ。

「なぜ、そんなことをきくのですか」

しずかは強い口調になった。

「あなたと諸岡恭平さんとの間に、枝川紀代彦が介在しているのではないかと思いまして」

「なんで、そう思うのですか」

「じつは、テレビのワイドショーで枝川紀代彦が紹介されたことがあるのです。今年の五月です。そのときにコメンテーターとして出ていたのが諸岡さんです」

京介は説明し、

「あなたはそのときの番組を見ていて、諸岡さんを知ったのではないかと思いまして」

「諸岡さんとは六月末、上野の都美術館で会ったのです」

しずかはむきになって言った。

「諸岡さんは美術館に行くようなタイプではなかったそうです」

京介は友人の証言を伝えた。

「絵に趣味はなくても、知り合いが出品していたから見に行ったんじゃないですか」

「そういうこともあるかもしれませんね」

京介はあえて逆らわず、

「あなたが枝川紀代彦の絵を買ったのは京都にある『高雅堂』という画廊からではありませんか」

「……そうです」

しずかは認めた。

「どうして、その画廊を知ったのですか」

「新聞です」

「美術評論家の前島淳氏のエッセイですね」

「そうだったと思います。それで京都に行ったついでに、その画廊を訪ね、絵を見せてもらいました。とても懐かしい気持ちになりました。同郷ですし、応援してやりたい気持ちもあって……」

「紀代彦が自殺したことをどうして知ったのですか」

京介はさらにきいた。

「画廊の主人が電話をかけてきて教えてくれました」

「そうですか」

京介はふと思いだして、

「前島さんが枝川紀代彦の回顧展を開こうとしているようですが、ご存じですか」

「知りません」

しずかは答えた。

どうもこの件から諸岡恭平とのつながりは見出せない。

ふたりの間に、枝川紀代彦の存在があるというのは考えすぎかもしれない。それに、つながるとしても、それが殺人と結びつくこととは思えなかった。

「あなたは諸岡さんとは何度ぐらい会っているのですか」

「五回ぐらいです」

「主にどこで？」

「諸岡さんの部屋です」

「独り暮らしの男の部屋を訪れることに抵抗はなかったのですか」

「昼間に行くようにしました」

「昼間でも密室にふたりきりです」

京介はしずかの顔を見る。

「大事な話でしたので」

「その大事な話とはなんですか」

「言えません」

「なぜ、ですか」

「諸岡さんの名誉のためです」

「しかし、諸岡さんはあなたに襲いかかったのでは？」

京介はしずかに迫った。

「理由を言わなければ、不倫の末の殺人とみなされてしまいますよ」

「不倫ではありません」

しずかはきっぱりと言う。

「私は信じます。でも、このままじゃ、他の人間を納得させることは出来ません。ご主人だって、あなたが理由を言うのを頑《かたく》なに拒んでいたら、やはりと思うようになるかもしれません」

「…………」

「ほんとうのことをおっしゃってください」

「ほんとうは……」

しずかは顔を上げ、

「枝川紀代彦の絵です」

と、言った。

京介はしずかが続けるのを待った。

「都美術館で、偶然にテレビで見かけた諸岡恭平さんに出会い、声をかけたのです」

「あなたからですか」

「はい。枝川紀代彦の絵の暗さを指摘した理由についておききしたかったのです。それで、喫茶室でお話を聞きました」

しずかは続ける。

「テレビでは枝川紀代彦が自殺したことを知らなかったと言っていましたが、ほんとうは知っていたのではないかときいたのです。最初は知らないと言い張っていたのですが、ついには知っていたと」

「諸岡さんは枝川紀代彦を知っていたのですか」

「そうです。一年前に諸岡さんのファンという女性から枝川紀代彦の絵をもらったそうです。そのとき、自殺していると聞いたそうです」

「でも、テレビでは知らないと口にしたのですね」

「そう発言したら、鑑賞眼が評判になってしまい、今さら引っ込みがつかなくなって……枝川紀代彦の絵も風呂敷に包んで隠してあると言いました」

「なるほど」

「で、私はその絵を譲ってくれないかと頼みました。諸岡さんは持っていてもしかたないから売ると。そのとき、五十万円でどうかと」

「五十万円？」

「テレビで紹介されて、これから値が上がるかもしれない。五十万では安いかもしれないと言い、譲りませんでした。私はどうしても欲しいので、それで承諾しました。そして、前金でと言うので後日五十万円を渡しました。でも」

　しずかは息を継ぎ、

「なかなか絵を渡してくれないのです。そのことで、諸岡さんの部屋に行きました。そこで問いつめたら、絵はすでに他のひとに売ってしまって手元にないと言うのです。

じゃあ、五十万を返してくれと言うと、なんの話だととぼけられました。それで言い合いになって、じゃあ警察に訴えると言うと、向こうは逆上して私に襲いかかって首を……」

「なぜ、今までそのことを黙っていたのですか」

「信用してもらえないと思ったんです」

「なぜですか」

「諸岡さんはテレビで枝川紀代彦を知らなかったと言っているんです。ほんとうは知っていたと私が言っても、誰も信じてくれないでしょう。それに、紀代彦の絵など持っていないのに嘘をついて五十万をだまし取ったなどと、誰も信じないでしょう」

しずかの声は沈んでいく。

「諸岡さんがファンの女性から枝川紀代彦の絵をもらったというのはほんとうなのでしょうか」

「私にはそう言っていましたが、嘘だと思います」

「嘘かどうかに関係なく、警察にそのことを話してください。諸岡さんがあなたにそう言ったのが事実なら、警察に正直に言うべきです」

「………」

「それが事実だとしたら、諸岡さんが枝川紀代彦の自殺を知っていたことの証明に結びつくかもしれませんからね」

「でも、どうやって嘘かほんとうかがわかるのですか」

「ファンという人物が存在するはずですね。そのファンの女性は絵をどこから手に入れたのでしょうか。『高雅堂』でしょうか」

「………」

枝川紀代彦が『高雅堂』以外の画廊にも絵を持ち込んだ可能性はある。

「それから、その絵を別の人物に売ったなら、その人物もいるはずですね」

ほんとうにファンの女性が存在するなら、諸岡恭平の周辺を探れば見つかるかもしれない。

「今から思うと、諸岡さんが枝川紀代彦の絵を持っていると言ったのは嘘かもしれませんが、枝川紀代彦のことを知っていたのは間違いありません。私にそのことをバラされると、自分の名声に傷がつくと思ったのです」

しずかは異様に光る目を向けて言った。

諸岡恭平が枝川紀代彦のことを知っていたとしたら、どうして知ったのか。やはり、ファンの女性から絵を贈られたのか。

それにしても、ほんとうに、この事件に枝川紀代彦の絵が絡んでいるのだろうか。

4

河合しずかとの接見を終え、京介は本所中央署から虎ノ門の事務所に帰った。

事務員の女性は留守中に二件電話があったと言う。いずれも請け負っている民事事件の依頼人だった。

自分の机に落ち着いてから折り返しの電話を入れたあと、美術評論家の前島淳の携帯に電話を入れた。

「はい」

前島の声が聞こえた。

「弁護士の鶴見です。今、だいじょうぶでしょうか」

「ああ、構わない」

「昨日はありがとうございました。またお伺いしたいのですが」

「何かね」

「枝川紀代彦は『高雅堂』以外に絵を持ち込んだかどうかわかりませんか。『高雅堂』のご主人はそのようなことを言っていませんでしたか」

「いや、聞いていない」

「もうひとつ、諸岡恭平さんは枝川紀代彦の絵を見て、心に闇を抱えていたのではないかと指摘した件ですが、あの絵からそういう受け取り方は出来るものでしょうか」

「いや、私のように絵をたくさん見ている者でも、そこまではなかなか見抜けません」

「諸岡恭平さんはほんとうは枝川紀代彦が自殺したことを知っていたということは考えられませんか」

　京介はきいた。

「それは自殺を知っていたなら、あのような感想を言えるだろうね。それに」

　前島はちょっと間《ま》を置いてから、

「絵にしろうとでも、自殺のことを知っていたら、あんな気のきいた表現もできるな」

と、付け加えた。

「絵に興味のない者でもですか」

「そうだ。だが、彼は知らなかったんだろう」

「知らないと言ったほうが自分の発言にインパクトがあるという計算が働いたとか」

「確かにそれはある。だが」

「だが、なんでしょう」

「誰も知らない天才画家を知っていたということもかなりの驚きだがね」

　前島の苦笑が目に見えるようだった。

礼を言って電話を切ったあと、京介は改めて諸岡恭平と枝川紀代彦の関係を考えた。

しずかが言うとおり、諸岡恭平は枝川紀代彦が自殺したことを知っていたのではないか。では、どうして知ったのか。

ファンの女性から絵をもらったとき、作者は自殺していると聞いたというが本当か。それとも別の理由で知ったか。

河合しずかと諸岡恭平との出会いには枝川紀代彦が絡んでいる。だが、それがなぜ殺しに発展したのか。

内線の電話が鳴った。

所長の柏田からだ。

「ちょっと来てくれないか」

「わかりました」

電話を切り、京介は立ち上がった。

「失礼します」

ノックして声をかけ、京介はドアを開けて部屋に入った。

「そこに」

柏田が言う。

京介は柏田の大机の横のパイプ椅子を開いて座った。

髭《ひげ》は白く、額に深い皺《しわ》。数々の冤罪《えんざい》事件弁護で名を馳《は》せた柏田の風格に、京介は思わず襟を正さずにはいられない。

「さっき河合さんから電話があってね」

河合正人の父親のほうだ。

「しずかさんのようすはどうかときいてきた」

柏田が口を開いた。

「すみません」

京介は謝った。

「ん？」

「河合さんから責められたのですね。なぜ、先生が弁護をしてくれなかったのだと」

「いや、そんなことはない」

柏田は苦笑し、

「ただ、どんな様子か知りたいのだろ」

と、泰然としている。

正人から状況は聞いているだろうが、不倫を確かめようとしているのかもしれない。

まさか、父親は正人の言葉を疑っているわけではないだろうが。

「警察は、河合しずかと諸岡恭平が不倫関係にあり、別れ話のもつれから事件になったとみなしていますが、河合しずかは不倫を否定しています」

京介は続ける。

「ところが、彼女は実の関係をなかなか言おうとしませんでした。でも、やっと今日になって、口にしたのです。五年前に二十五歳の若さで自殺した枝川紀代彦という画家のことが関わっていると」

「枝川紀代彦？」

柏田は首を傾げた。

「京丹後市の久美浜町出身の画家です」

京介は枝川紀代彦に関わる経緯を話した。

柏田は黙って聞いている。

「ふたりが不倫関係にあったという証拠はありませんが、しずかが諸岡の部屋に行っている事実があります。しずかは枝川紀代彦の絵のことで諸岡の部屋を訪れたと言っているのですが」

京介は困惑ぎみに言う。

「そうか。やはり、まだ何か隠しているな」

柏田は顔をしかめた。

「先生、河合さんは何と？」

「うむ。やはり、不倫を疑っている」

「そうですか」

そう思うのは無理もないと、京介は思った。そして、河合正人の父親の考えに思い至った。

「もしや、河合さんは……」

「うむ」

柏田は頷き、

「起訴されることがあったら離婚させると言っていた」

と、眉を寄せた。

「起訴で？」

京介はむきになって、

「それは無茶です。逮捕されてから五日経っています。勾留期間は最大で二十日しかありません」

「河合しずかに、このままでは離婚話が持ち上がるかもしれないと話して、隠していることを言わせるのはどうか」

柏田は口にした。

「じつは、彼女も迷惑をかけるから離婚したいと言いだしたのです。なんとかなだめたのですが」

京介はやりきれないように言う。

「そうか。離婚を覚悟しているのか」

「はい」

京介は頷き、

「相手が自分を殺そうとして襲ってきたにしても、自分が摑んだ包丁が相手の腹に突き刺さったことは事実だからと」

と、付け加えた。

「そうか」

柏田は表情を曇らせた。

「河合しずかが何かを隠していることは間違いないが、そのことを決して口にしようとしないのだね」

「ええ」

「彼女は何かを守ろうとしているのだ。その思いは強い」

「…………」

「離婚を切り出すほどの覚悟があるとなれば、彼女の心を開くことは難しいかもしれないな」

柏田は重たい口調で続けた。

「警察の主張のほうが合理的な説明になっている」

「残念ながらそのとおりです」

裁判において、裁判員がどう判断するか、明らかだ。不倫の果ての殺人を否定する材料は何もないのだ。

「でも、私はまだ諦めません」

京介は声に力を込めた。

「河合しずかを説得するか、守ろうとしているものが何かを探り出すか。ふたつにひとつしかないようだ」

柏田は厳しい顔で言う。

「河合さんに、起訴の時点で離婚をすすめることをしないようにお願いしていただけませんか」

「鶴見くんがしずかさんの言い分を信じていると伝えて、離婚を早まらないように言っておこう。だが、裁判で有罪になれば無理だ」

「はい」

京介は思わず拳を握りしめていた。

翌朝、京介はＪＲ錦糸町駅から江東橋六丁目『江東レジデンス葵』まで歩いた。

現場には河合しずかにはじめて接見したあとにやってきて以来、二度目だった。

『江東レジデンス葵』は築三十年近い古い建物だが、数年前にリフォームをして明るい感じのマンションになっていた。

京介は管理人室を訪ねた。

「すみません。先日、お邪魔した弁護士の鶴見ですが」

「ああ。どうぞ」

五十歳ぐらいの白髪の管理人は室内に招いてくれた。

狭い部屋で、椅子に腰を下ろすと、管理人から口を開いた。

「あの女性、どうなりましたか」

「そのことで、またお伺いしたいのですが」

京介は管理人の長い顔を見つめ、訊ねた。

「あの女性が何回ぐらいここにやってきたか、記憶にありませんか」

「三度です。きれいな方ですから印象に残っています。でも、私がいないときにも来ていたかどうかわかりませんが」

「いつも、昼間ですね」

「そうです」

「はじめて見かけたのはいつごろですか」

「七月のはじめだったですかね」

首をひねりながら、管理人は答えた。

「前回もおききしましたが、滞在時間はどのくらいでしたか」

「いつも三十分もいないで帰っていったと思います」

「来たときの様子はいかがだったでしょうか。ひと目を忍ぶようだとか」

「そんなことはありません」

京介は河合しずかがマンションに出入りする様子から不倫を否定出来ないかと思ったが、警察はふたりが会っていたのは別の場所で、七月に入って別れ話が出たとしている。

つまり、しずかは諸岡恭平の部屋に別れ話の件でやってきたものと見ている。

そして、別れ話が諸岡恭平から持ちだされたという根拠は、しずかが諸岡の部屋を訪ねていることだ。

しずかが別れ話を出したのならわざわざ諸岡の部屋には行かないだろう。翻意を促すために訪れたと警察は考えている。

それからいくつかきいたが、マンションを出入りするしずかの様子から不倫を否定することは難しそうだ。

ただ、警察の主張の弱点は、ふたりが不倫をしていたという事実が依然明らかになっていないことだ。

だからといって、不倫を否定出来るものではない。

京介は虚《むな》しく引き上げ、本所中央署に向かった。

5

ＪＲ錦糸町駅のガードをくぐり、錦糸公園の脇を過ぎて横川にある本所中央署に着いた。

三十分ほど待たされて、京介はしずかと接見した。

「お体のほうはいかがですか」

京介は体調を訊ねた。

「まあまあです」

しずかは無表情で答える。

「前回、諸岡恭平さんは枝川紀代彦が死んだことをファンの女性からもらった絵とともに聞いたということでしたね」

「はい」

「そのファンが枝川紀代彦の絵をどこから手に入れたのかがわかりませんが、どうして紀代彦の絵を諸岡さんに贈ったのでしょうか。友人の話では、諸岡さんは絵には興味がないようでした。そのファンの女性はどうして諸岡さんに枝川紀代彦の絵を贈ろうと考えたのでしょうか」

しずかはふと顔を上げ、

「もしかしたら、ファンの女性は諸岡さんが枝川紀代彦のことを知っているとわかっていたから絵を贈ったのではないでしょうか。いえ、ファンの女性から絵をもらったというのは嘘で、諸岡さんは以前から枝川紀代彦を知っていたのかもしれません」

と、鈍く光る目を向けて言った。

「以前から知っていたとしたら、どうして知ったのでしょうか」

「さあ」

「なぜ、諸岡さんは枝川紀代彦のことを知っていると言えなかったのでしょうか」

「わかりません」

しずかは首を横に振った。

「諸岡さんは以前から枝川紀代彦のことを知っていたと公にされたくなかったのですね」

「そうだと思います」

「なぜでしょうか」

「前にもお話ししましたが、〈埋もれた天才たち〉でのコメントの評価が下落するからではありませんか」

「ほんとうにそれだけのことであなたを殺そうとしたのでしょうか。もっと他に理由があったのではありませんか」

「ありません」

しずかはきっぱりと言う。

京介は彼女の目の奥を探るように見つめる。あなたは何を隠しているのだと言いたかったが、無駄だと思って声を呑んだ。

本所中央署を出て錦糸町駅に向かっているとスマホが鳴った。

「河合です」

河合正人だった。

「何かありました」

京介は道の端に立ちどまってきいた。

「じつは、家内の部屋を調べていたら五年前の京都日報の新聞が出てきたのです」

「五年前の京都日報？」

京介の胸が早鐘を打った。

「もしや、枝川紀代彦のことが？」

「はい。五年前の四月二十二日付けの新聞です。枝川紀代彦の自殺を報じる記事が小さく載っていました」

「その新聞見せていただけますか」

「ええ。その記事だけメールで送りましょうか」

「お願いします」

京介は応じてから虎ノ門の事務所に急いだ。

事務所に戻り、京介はパソコンで河合正人からのメールを見た。

――二十日朝、京丹後市久美浜町西本町の松倉城趾《まつくらじょうし》で、若い男性が死んでいるのが発見された。傍らに、ペットボトルと青酸カリの入った小瓶が置かれていた。死亡したのは十九日と思われる。所持品から、久美浜町に住む枝川紀代彦さん（25）と……。

なぜ、河合しずかはこの新聞記事を持っていたのか。

東京に住んでいるしずかが京都日報を手に入れることは簡単には出来まい。すると、このころ、しずかは宮津の実家に帰っていたのか。

たまたま、この記事を目にしたとしても、なぜ今日まで保管していたのか。

それとも、彼女の目的は他の記事にあり、たまたま枝川紀代彦の記事といっしょになっただけだろうか。

そんな偶然はないと思うが、念のために他の記事も見てみたいと思った。

すぐに河合正人に電話をした。

その夜、京介は白金台の河合邸の応接間で、河合正人と向かい合った。

「これが新聞です」

河合が差し出した。

京介は受け取って、まず枝川紀代彦の自殺の記事を確認し、一面から見出しを追った。

一面は京都市議会の件と京都市内で行方不明になっていた女子大生の遺体が山中で見つかったという記事。

経済面、文化面、家庭面などを飛ばして社会面を開いた。やはり、しずかが関心を持った記事はわからない。

「五年前の四月のこの時期、奥さまは宮津の実家に行ったか、京都に旅行したかどうか、わかりますか」

京介はきいた。

「五年前ですか。いえ、四月は東京を離れていないはずです」

河合は記憶を手繰るように目を細めて言う。

「そうですか。すると、この新聞はどうやって手に入れたのでしょうか」

京介は新聞に目を落としてきいた。

「待ってください」

河合は何かを思いだしたようだった。

「そういえば、家内は五年ほど前、京都日報に電話をしていました。おそらく電話で取り寄せたのだと思います」

「奥さまは枝川紀代彦の自殺を『高雅堂』の主人から知らされたそうですが」

河合夫妻が『高雅堂』から紀代彦の絵を購入した翌年、わざわざ主人は電話で知らせてくれたという。

枝川紀代彦の死を知り、すぐに新聞を求めた。どういう状況で亡くなったのかを知りたかったのかもしれない。

なぜ、そこまでしたのか。

やはり、諸岡恭平との関係は枝川紀代彦の存在抜きには語れないようだ。

諸岡恭平はもともと枝川紀代彦を知っていた可能性がある。だが、そのことを本人は否定している。

諸岡恭平は千葉県木更津で育ち、地元の高校を出てから東京の大学に入った。

卒業後、広告会社に就職した。三十歳のときにノンフィクション新人賞を受賞して、フリージャーナリストとなり、本格的にノンフィクション作家の道をめざした。

本を二冊出したが、売れるまでには行かなかった。が、二年前の三十六歳のとき思いがけずにテレビのワイドショーのコメンテーターのオファーがあり、そこから徐々に運がむいてきた。渋い顔だちが主婦層に受け、人気が出はじめ、そして今年の五月に枝川紀代彦の絵のコメントで、さらに評価を上げた。

こうした通りいっぺんの経歴だけでは、京丹後市に住む枝川紀代彦との接点は見出せない。

諸岡が新しい作品の取材のために京丹後市に行ったという可能性はあるだろうか。あればそこで紀代彦と出会ったことがあったかもしれない。

あるいは、紀代彦が京都市内の画廊に行ったとき、たまたま諸岡もそこにいたか。

だが、出会っていたとしても諸岡には隠す理由はない。

「鶴見先生、枝川紀代彦が何か事件に関係しているのでしょうか」

河合が口を開いた。

「事件にどこまで関係あるかわかりませんが、奥さまは枝川紀代彦のことに関心があることは間違いないようです」

さっきから河合の顔の暗さが気になり、

「何かありましたか」

と、京介はきいた。

「ええ」

河合は俯いた。

「ひょっとしてお父さまから何か」

「いえ」

「まさか、奥さまから？」

「ええ。離婚してくれと」

あれほど早まるなと言っておいたのにと、京介は溜め息をついた。

「何とお答えに？」

「もちろん離婚する気はないとはっきり言いました」

河合は身を乗り出すようにして、

「鶴見先生、家内と枝川紀代彦は子どものころから知っている仲だったのではないでしょうか。年齢は家内のほうが上のようですが、ふたりは幼馴染み……。ひょっとして、初恋の相手なのでは」

と、思いを口にした。

「確かに、幼馴染みということは考えられますが」

「実家に帰るたびに、ふたりは会っていたのでは……」

河合の目が暗く光った。

「そう考えると、家内は新聞のエッセイで京都の画廊に枝川紀代彦の絵があることを知ったと言ってましたが、じつは枝川本人から聞いたのかもしれない」

河合は顔を強張《こわば》らせた。

「先生」

河合は厳しい顔になって、

「家内と枝川紀代彦の関係を調べていただけませんか」

と、訴えた。

河合は嫉妬を抱いているようだが、ふたりの関係については京介も調べる必要性を感じていた。

「わかりました」

京介は請け合い、

「まず、奥さまの実家に行き、子どものころの話を聞かねばなりません。河合さんのほうから連絡しておいていただけますか」

「わかりました」

「ご実家にどなたが？」

「両親としずかの妹が住んでいます」

「面会には？」

「妹さんが一度だけ」

「なぜ、でしょうか」

「不倫の末に相手を殺したと信じているようで」

「そうですか」

親族の誤解も解いていかなければならないだろう。

さらに、枝川紀代彦の実家を訪ねなければならない。最低でも二日はかかる。スケジュール上、やはり土日で行くしかないと思った。

「調べにかかった費用はお支払いします。どうか、お願いします」

河合は哀願するように言った。

「今度の土日か、調整が出来たら、明日、金曜日の午後から出かけます。画廊の『高雅堂』の場所を教えていただけませんか」

「河原町通です」

だいたいの場所を聞いたあと、

「すみません。あの絵の写真を撮らせてもらいたいのですが」

と、頼んだ。

「どうぞ」

京介は絵の前に立ってスマホで写真を撮った。

「あの」

背後に、河合が近づいてきた。

「お願いがあるのですが……、家内と枝川紀代彦の関係を調べることを、家内には黙っていていただけませんか」

「内緒で？」

「ええ。お願いします」

何か秘密を隠しているとしたら、しずかは調べられることを良しとしないはずだ。

「わかりました」

しずかに言えば反対するだろう。反対を押し切って調べに行くより事後報告のほうがいいと、京介も判断した。


翌日、京介は本所中央署に赴き、河合しずかと接見した。

しずかの表情は曇っていた。

「お食事はされていますか」

京介はきいた。

「だいじょうぶです」

「取調べで何かありましたか」

「私と諸岡さんが新宿のラブホテルに入るのを見ていたひとがいたというのです」

しずかは身を乗り出し、

「私じゃありません」

と、訴えた。

「誰が見ていたのですか」

「ある人物と言うだけで、教えてくれませんでした」

「あなたの顔を知っていたのでしょうか」

「いえ、雰囲気が私に似ていたそうです」

「じゃあ、あなただと言い切ってはいないのですね」

「でも、警察は決めつけています」

「いくら問い詰められても、知らないものは知らないとはっきり言うんです」

「はい」

「その後、ご実家からの面会は？」

「一度、妹が来ただけです。遠いですから」

「ご家族に何か言づけでもあれば」

「私のことは心配しないでと」

その後も、新たな話の進展はなく、接見を終えた。

帰りに、担当の警部補が会ってくれた。

「河合しずかと諸岡恭平が新宿のラブホテルに入るのを見ていたひとがいたというのはほんとうですか」

「ええ。なかなか河合しずかは不倫を認めようとしないので、諸岡のほうから証拠を見つけ出そうとしたら、ある人物が新宿のホテル街で見かけたことがあったという話が飛びこんできたんですよ」

警部補は続けた。

「その人物にマジックミラー越しに確認させたところ、相手の女が河合しずかに似ていると証言しました」

「誰ですか」

「それは教えられません」

「なぜ、ですか。私がそのひとに会って証言を取り下げるように脅すとでも？」

京介は皮肉を込めてきいた。

「とにかく、無理です。河合しずかが不倫を否定している限り、今は教えられません」

「嘘ではないのですね」

「嘘じゃありませんよ」

警部補はむっとしたように言う。

「その人物がなんらかの事情から嘘をついている可能性はないのですか」

「嘘をつく理由はありませんからね」

「そうですか。私としては、その人物の証言は断じて認められません。河合しずかには無視するように伝えます」

「どうぞ」

警部補は口元を歪めて言い、

「それから、河合しずかは枝川紀代彦の絵のことで諸岡恭平とトラブルになったと言ってましたが、諸岡のマンションの部屋からは絵は発見されていません。おそらく、絵を持っているというのは諸岡恭平か、河合しずかのどちらかが嘘をついているということでしょう」

「警察は河合しずかが嘘をついていると考えているのですね」

「そうでしょう。不倫の事実を隠すため」

「河合しずかは不倫を否定しています」

京介ははっきりと言う。

「それから五十万の金の件も疑わしい。諸岡恭平の銀行残高は数百万ありました。しかし、この数カ月、通帳の入出金に五十万の振込は記載されていません。現金で授受したにしても、領収書の類もないですし、そもそもこれは河合しずかの作り話でしょう」

「…………」

京介はその件では何も言い返せなかったが、

「確かに五十万円の件の証拠はありません。しかし、不倫の証拠もありませんね。ラブホテルに入るのを見ていた人物が果たしてほんとうのことを語っているかも証明されていないのではありませんか」

「いえ、信用出来ます」

「信用出来ないから、その人物に接触させたくないのでは？」

京介は反論する。

「ちゃんとした人物です」

「でも、ラブホテルに入るのを見ていたとしたら、その人物もラブホテルを利用していたのでは？　だから知られたくないのでは」

「…………」

「河合しずかの話では、五十万円の件以外に、諸岡恭平は枝川紀代彦が自殺したことを知っていながら隠して、ワイドショーで絵の批評を行った。そのことをバラされるのを恐れ、諸岡恭平は口封じを図ろうとしたのだと主張しています」

京介は警部補の反応を窺った。

「そんなことで殺そうとしますか」

警部補は冷笑を浮かべた。

「やはり、警察はそのことを軽く見ているようですね」

京介は今年五月放映のワイドショーについて話し、

「枝川紀代彦の絵を、他のコメンテーターが明るい作風や夢とかロマンを感じる、元気をもらえるなどと称したのに対して、諸岡恭平は明るい色彩の裏に翳を感じる、作者は心に闇を抱えていたのではないかと指摘したのです。あとで、作者の枝川紀代彦の死は自殺だったとわかり、その真実を見抜く諸岡の眼力に称賛が集まったのです。それから、諸岡恭平の評価はうなぎ登り……」

「…………」

「枝川紀代彦の自殺を知っていたか否かは諸岡恭平にとっては大きな問題だったのです」

「だとしたら、河合しずかとの関係を終わらせようとして別れ話を持ちだしたことはよくわかりますね」

警部補はあくまでも不倫に固執していた。

その後、事務所に戻り、仕事の調整をし、今日の夕方に京都に行くことにした。

そのことを河合正人に連絡すると、京都のホテルを取ってくれるという。それから一時間後に、『ホテルオークラ京都』を予約したと河合から電話があった。さらに、丹後ではしずかの妹が案内をしてくれるように手配したということだった。

第二章　過去を求めて

1

八月五日午後六時過ぎ、京介は京都市役所のそばにある『ホテルオークラ京都』にチェックインし、部屋でシャワーを浴びてから外に出た。

夜になっても暑い。河原町通を四条河原町まで歩き、目印のコンビニを見つけて、そこからゆっくり歩く。

ショーウインドーに絵が陳列されている店の前に出た。京都の大原《おおはら》を描いた水彩画や舞妓《まいこ》の絵が飾られている。

ドアのガラスに、「高雅堂画廊」と書いてある。ドアの横に、『松谷二郎作品展』という看板が出ていた。

京介はガラス戸を押した。明るい照明で、白い壁に水彩画が並んでいる。中は涼しかった。

若い男に声をかける。

「東京から来た弁護士の鶴見と申します。ご主人はいらっしゃいますか」

「弁護士さん？」

男は警戒したような顔をした。

「画家の枝川紀代彦のことでお伺いしたいことがありまして」

「今、来客中なのですが」

そのとき、奥の部屋から頭髪の薄い男と白髪の紳士が出てきた。

男が若い男に、

「ちょっと出てくる」

と声をかけたあとで、京介に顔を向けた。

若い男がすかさず耳打ちすると、男は頷き、京介の顔を改めて見て、

「よろしければ、一時間後に来てくださいな」

と、言った。

「わかりました。そうさせていただきます」

京介は応じた。

男は白髪の紳士といっしょに出ていった。若い男はふたりに頭を下げて見送った。

「今のが社長です。白髪の紳士はコレクターです。食事に行くのでしょう。一時間で戻

ってくると思います。店は閉めていますが、中でまだ仕事をしていますから」

「では、一時間後にまたお伺いします」

京介は会釈をして、外に出た。

この間に、夕飯をとろうとして、ふと、南座《みなみざ》で、坂東玉三郎《ばんどうたまさぶろう》の公演をやっていることを思いだし、京介は南座に足を向けた。

四条大橋を渡り、南座の前に出た。夜の公演はないので、閉まっている。劇場の前も、ひとは疎《まば》らだ。

京介は南座の建物を見上げた。国の登録有形文化財に指定されている桃山風《ももやまふう》破風《はふ》造《づく》りの外観を見ているだけでも昂《たかぶ》ってくる。

『坂東玉三郎特別公演』で、演《だ》し物《もの》は『東海道四谷怪談《とうかいどうよつやかいだん》』と『元禄花見踊《げんろくはなみおどり》』。東海道四谷怪談は玉三郎のお岩《いわ》さんに片岡愛之助《かたおかあいのすけ》の民谷伊右衛門《たみやいえもん》。京介は観《み》たかったが残念ながら叶《かな》わない。

京介は歌舞伎好きで、観たい演し物があればどこにでも飛んで行きたいほうだった。今回チケットがとれずに断念していたのだ。

せめて雰囲気だけでも浸ろうと、ポスターを飽かずに見つめた。

南座から再び四条大橋を渡り、ネットで検索した洋食屋に入り、ビーフシチュウを食べて、画廊に向かった。

入口の明かりは消えていたが、扉は開いていた。

すでに社長は戻っていた。

若い男は入口隣の部屋に招じた。そこも白い壁に絵が並んで飾られている。すべて松谷二郎という画家の作品のようだ。

「先ほどは失礼しました」

頭髪の薄い男が名刺を差し出した。

「弁護士の鶴見と申します」

京介も名刺を差し出して挨拶した。

「東京から？」

名刺に目を落としてから、社長は顔を上げた。

「はい、枝川紀代彦氏に関係することでいくつか教えていただきたいと思いまして」

「どうぞ、そちらに」

社長は手で示した。

真ん中の円いテーブルに椅子がふたつ。そこに座った。

「で、枝川紀代彦の何を？」

社長が大きな目を向けてきいた。

「美術評論家の前島淳先生からお聞きしました。六年前に、枝川紀代彦氏がこちらに絵を持ち込んだそうですね」

　京介は切り出した。

「そうです。おずおずと入ってきましてね。若い男でね。絵を見てほしいと」

　社長は思いだすように目を細め、

「ちょっと面白い絵だと思ったんですよ。ただ、どうも、ある大家の作風に似ているのが気になりましてね」

「安野光雅ですね」

「そうです。いろいろ話をきくと、美術学校を出ておらず、どこかの団体に所属しているわけでもなく、誰かに師事したこともないという。ただ、安野光雅が好きで、自分の師匠は安野光雅だと言ってました」

　前島淳から聞いたことと同じだ。

「その絵を預かってしばらくしたら、たまたま前島淳先生が久しぶりにお顔を出されましてね。置いてあったその絵に興味を示されまして」

　社長は続ける。

「前島先生はこの絵には何かから飛び出そう、逃げだそうという強い意志を感じるとおっしゃった。それは安野光雅から抜け出そうとする足掻《あが》きではないかと」

「安野光雅から抜け出す？」

「枝川紀代彦は安野光雅の絵の模写をしてきたのでしょう。いや、それがすべてです。しかし、自分のものを打ち出すには安野光雅から抜け出なければならない。その思いの激しさが翳になって滲《にじ》み出ていると言われたのです」

前島淳はそのような感想を持ったとは京介に言わなかった。

「でも、枝川紀代彦が自殺したあと、前島先生は自分の見方が違っていたと言ってこられました。枝川紀代彦はうっくつを抱えていた。逃げだしたかったのは安野光雅からではなく自身のとらわれた心からだとね」

社長は呟いた。

「前島先生が枝川紀代彦氏の絵を見たあと、新聞のエッセイで紀代彦氏を取り上げましたね。それを読んで、東京の河合夫妻が紀代彦の絵を三枚購入したのですね」

「そうです」

「絵が売れたことを、枝川紀代彦氏に伝えたのでしょうか」

「ええ、河合夫妻は他にも作品があれば欲しそうな口ぶりでしたので、枝川紀代彦に作品がないかを訊ねがてら、売れたことを話しました」

社長は言う。

「買ったのは誰かも？」

「ええ、自分の絵をどんなひとが買ってくれたか気になったのでしょう」

「河合夫妻の名も」

「ええ、奥さんのほうが熱心だったと」

「河合しずかという名を？」

「ええ」

「連絡先は？」

「いえ。きかれませんでした。ただ、ご主人は『河合製作所』という会社の社長の息子だということは、話しました」

　それだけわかれば、河合しずかの連絡先を調べることは出来るかもしれない。

「枝川紀代彦氏には他にも作品があったのですか」

「ええ。二点買いました。他にもあるようでしたが」

「で、枝川紀代彦氏が自殺したのをどうして知ったのですか」

「警察から連絡があったんですよ」

「そうですか。枝川紀代彦氏は青酸カリを飲んだそうですね」

「ええ。そのようですね」

「警察は事件性を考えなかったのでしょうか」

　京介はきく。

「青酸カリの入手先がわからないので、いろいろ調べていたようです」

「で、わかったのですか」

「近くの工場から紛失届が出ていたそうです。それを何らかの方法で手に入れたのだろうと」

「そうですか」

京介は頷き、

「で、河合しずかさんには自殺を知らせたのですか」

と、きいた。

「知らせました。新しい絵を欲しがっていましたからね」

社長は答えてから、

「鶴見先生はひょっとして河合しずかさんの事件の……？」

と、好奇な目を向けた。

「そうです」

「驚きました。ニュースで見たときは、絵を買ってくれた、あの河合さんだとは思いもよりませんでしたよ」

社長は続ける。

「殺されたのはテレビのコメンテーターとして活躍していた諸岡恭平氏なんですね」

「亡くなったのはそうです」

京介はあえて、亡くなったと言い、話題を変えるために、

「諸岡恭平さんが枝川紀代彦氏のことをききにきたことはありませんでしたか」

と、念のために訊ねた。

「いや。来ません」

社長は否定したあとで、

「ただ、何年か前に男の方から電話で、枝川紀代彦の絵はそちらに行けば見ることが出来るかという問い合わせがありました」

「声の感じで、いくつぐらいでしょうか」

「三十代だと思います。やはり、前島先生のエッセイを読んだのでしょうね」

諸岡恭平も三十代だ。

「で、来たのですか」

「いえ。十日後に新しい絵が入ると伝えたのですが」

「来なかったのですか」

「ええ。来ませんでした」

「電話があったとき、枝川紀代彦氏の連絡先を知りたいとか、買った人間は誰だとかききませんでしたか」

京介は確かめようとした。

「いえ」

「そうですか」

諸岡恭平かどうかわからない。

「枝川紀代彦氏の家には行ったことがあるのですか」

「ええ、行きました。絵が売れたことの報告がてら、新しい作品を描くように励まそうと思いましてね」

「場所を教えていただけませんか」

「消していないと思いますが」

社長はスマホを取り出し、操作していたが、

「あっ、ありました」

と、画面から顔を上げた。

「京丹後市の久美浜町です」

具体的な場所を教えてもらい、京介は礼を言って立ち上がった。

「河合さんはどうなるのですか」

社長の問いかけに、

「まだ、これからです」

京介は言葉を濁し、画廊を出た。

ホテルに戻る道すがら、頭の中は河合しずかと枝川紀代彦のことで埋まっていた。

六年前に、しずかは前島淳のエッセイを読んだ。河原町の『高雅堂』に枝川紀代彦の絵があることを知り、夫とともに京都まで行って絵を購入した。

『高雅堂』の社長は絵が売れたことを枝川紀代彦に伝え、購入者の名を教えた。紀代彦は河合しずかの名を知る。

しずかと枝川紀代彦は子どものころからお互いを知っていた可能性は高い。枝川紀代彦にとってしずかは憧れの女性だったのではないか。

名前から、紀代彦は憧れの女性のしずかだと思い、連絡をとった。

しずかは実家に行くと正人に偽り、京都で枝川紀代彦と落ち合った。もちろん、枝川紀代彦も東京までしずかに会いに行ったことがあっただろう。

そんなことを考えているうちにホテルに着いた。

部屋に入る。すぐ窓辺に立ち、外を眺めた。市役所も闇に眠っている。

京介はさらに考え続けた。

ふたりは付き合いはじめたのではないか。だが、長続きはしなかった。しずかは夫のある身であり、枝川紀代彦に別れ話を持ちだした。

五年前の四月十九日に紀代彦は自殺した。

しずかへの失恋が原因だろうか。

そこに、諸岡恭平がどう絡むか。

そのとき、スマホが鳴った。河合正人からだった。

「いかがですか」

河合がきいた。

「『高雅堂』の社長から話を聞いてきましたが、目新しい話はありませんでした」

しずかと枝川紀代彦の関係についての疑問を今、口にするわけにはいかなかった。

「そうですか」

河合は応じてから、

「じつは、家内の妹が宮津駅までお迎えに行くそうです」

「妹さんですか」

「ええ。はるかと言います。宮津駅の近くに住んでいます。さっき電話があって、時間の都合がついたので駅まで車でお迎えに行くということです」

明日は京都発の特急で宮津駅に行くことになっていた。

「わかりました」

その後、はるかとの待ち合わせを確認し、電話を切った。

しずかの両親は健在だ。もし、しずかが両親と親しくしていたら、枝川紀代彦を知っているのではないか。

そんなことを考えながら就寝し、翌日は七時に起きた。朝食をとってチェックアウトをし、京都駅八時三十五分発の『特急はしだて』に乗りこんだ。

2

宮津駅に着いたのは十時半過ぎだった。

観光客がたくさん降りた。ホームに降り立つと、強い陽差《ひざ》しに襲われたが、空は広く、明るくて解放された気分になった。

観光客の後から改札を出ると、三十歳ぐらいのすらりとした女性が近づいてきた。

「鶴見先生ですか」

女性が声をかける。

「そうです」

「吉沢《よしざわ》はるかです」

大きな目に高い鼻。姉のしずかによく似ているが、こちらは活発な印象だった。

「鶴見です」

「行きましょうか」

駅前に、ワインレッドのセダンが停《と》めてあった。

京介はたちまち函館《はこだて》の笠原《かさはら》めぐみを思いだした。仕事で函館に行ったとき、彼女の車で移動した。その車が車種は違うがワインレッドのセダンだった。

「どうぞ」

はるかが乗るように言う。

京介は助手席に乗りこみ、シートベルトを締めた。車が出発したとき、函館の風景は脳裏から消えていた。

「宮津にはいらっしゃったことはあるのですか」

ハンドルを握りながら、はるかがきいた。

「いえ、はじめてです」

京介は答えた。

「民謡の宮津節を聴いたことはありますか」

「いえ」

「そうですか」

はるかはハンドルを右に切った。

ほどなく住宅地に入り、二階建ての大きな家の前で停まった。

「ここです」

はるかは車を駐車場に入れた。

　自宅には両親が待っていた。

　玄関脇の洋間で、テーブルをはさんで両親と向かい合った。ふたりとも六十代だが、しずかのことで心労が重なったのか、顔色は悪かった。

「しずかさんの弁護を担当している鶴見です」

　京介は挨拶をした。

「しずかはどうなるのでしょうか」

　母親がきいた。綺麗《きれい》な顔だちだった。若いころはさぞかし美人だったろう。

「しずかさんが訴えているように、なんらかの事情でトラブルになり、相手の諸岡恭平氏がしずかさんを襲った。揉み合っている最中にしずかさんは相手を刺してしまったのは、残念ながら間違いないと思っています」

　京介はさらに、

「しずかさんは身を守るために誤って相手を刺してしまったのですから、正当防衛を主張して弁護をするつもりです」

と、安心させるように言った。

「いったい、どんな事情があったのでしょうか」

「しずかさんの話では、枝川紀代彦という画家の絵を持っているから五十万円で売ると言われ、お金を渡したけれど、肝心の絵を渡そうとしない。それで、絵がないなら五十万円を返してくれと……」

　京介はしずかの言い分を話した。

「そうですか」

　きき終えて、母親は溜め息交じりに呟いた。

「ただ、しずかさんはまだ何かを隠しているようなのです」

「………」

　両親は不安そうな顔をした。

「枝川紀代彦という画家を知りませんか」

　京介は改めてきいた。

「枝川紀代彦？」

「京丹後市に住んでいました。五年前に自殺をしています」

「自殺……」

　父親は呟き、

「しずかとそのひとは関係あるのですか」

「関係あるというより、幼馴染みではないかと」

　京介は想像を口にした。

　両親は首を傾げ、はるかに目を向けた。

「知らないわ」

はるかも否定する。

「枝川紀代彦は久美浜に住んでいました」

「久美浜じゃ、ちょっと離れているわ」

はるかが言い、

「そのひと、お幾つですか」

「生きていれば、今三十歳ぐらいだと思います」

「私と同い年ね。私の小学校、中学校にはそんなひといなかったわ。姉さんも同じ学校だけど、三つ違うから学校でのつながりは薄いわね」

はるかが否定する。

「姉さんは何て言っているんですか」

「知り合いではないと。ただ、枝川紀代彦の絵をわざわざ東京から京都の画廊まで買いに行っているんです」

はるかは不思議そうな顔で聞いている。

「同郷の画家なので応援してやりたいと思ったそうです。顔見知りではないけれど、枝川紀代彦の名は知っていたようです」

「そうですか」

「帰省したときなど、そんな話はなかったのですね」

「ありません」

はるかはきっぱりと言う。

「しずかという名はどういう謂《い》われでつけられたのでしょうか」

京介は話の接ぎ穂を求めてきいた。

「私がつけました」

母親が言う。

「お母さまが？　ひょっとして静御前と関係が？」

「ええ。私の実家は静御前が生まれた網野町磯《いそ》という地区にあるのです」

河合正人からきいた話を思いだしながら、

「静御前は磯というところで生まれたのですか」

京介はきいた。

「そうです。そこから都に出て白拍子になって、義経と巡り合ったのです。私は二十歳《はたち》になってここに嫁いできたのですが、娘が生まれたら、しずかと命名したいと思っていたのです」

母親は語った。

「網野町磯というとどの辺りになるのでしょうか。久美浜町とは？」

「久美浜町の隣です。日本海に面したところです」

「久美浜町の隣ですか」

紀代彦の住いは久美浜町だ。

「しずかのことをよろしく頼みます」

両親は何度も頭を下げた。

「それでは失礼します」

京介は立ち上がり玄関に向かった。

はるかがついてきて、

「駅までお送りします」

と、言った。

「すみません」

両親に見送られて、京介は玄関を出て、再びはるかの車の助手席に乗りこんだ。

「これからどちらに？」

はるかがきいた。

「枝川紀代彦が住んでいた家に行ってみようと思います」

「久美浜ですね。じゃあ、ご案内します」

「いいんですか」

「時間はありますから。それに姉のことですもの」

「すみません」

車は国道三一二号線を走った。

「この辺りは峰山町《みねやまちょう》で、この先に峰山駅があります。さらに、その向こうが網野町です」

国道は駅のほうに向かわず、左に曲がった。

途中の峰山に京丹後中央警察署の建物が見えて、パトカーが入っていった。

やがて、久美浜町の市街地に入った。

「あれが久美浜駅です」

和風の屋敷のような駅舎だった。

「趣がありますね」

駅前を通過し、白壁の大きな屋敷が見えてきた。門の上に、『稲葉本家《いなばほんけ》』という扁額《へんがく》が掲げられていた。

「稲葉本家ですか」

京介は呟く。

「豪商です。宮津にも『旧三上家《みかみけ》住宅』という豪商の屋敷があります」

ようやく目的の家に着いた。少し離れたところに車を停め、京介とはるかは枝川家を訪問した。

衣料品店を経営しているようだ。店の脇にある玄関から訪問した。

インターホンを鳴らすと、すぐ女性の声で応答があった。

「東京から参りました弁護士の鶴見と申します。枝川紀代彦さんのことで少しお伺いしたいことがあって参ったのですが」

京介は来意を告げた。

「少々お待ちください」

玄関のドアが開いて五十代ぐらいの女性が出てきた。

京介は名刺を差し出して挨拶をした。

女性は戸惑いながら、

「紀代彦は五年前に亡くなりましたが」

と、呟く。

「生前のことを知りたくて」

「どうしてですか」

「私の依頼人が紀代彦さんを知っていたので、どの程度のお付き合いだったかを調べているのです」

京介は説明し、

「失礼ですが、紀代彦さんの？」

と、きいた。

「養母です。ほんとうは義理の叔母なんです」

「そうですか」

「で、その依頼人のお名前は？」

叔母がきいた。

「河合しずかさん、旧姓吉沢しずかさんですが」

「さあ、聞いたことはありません」

「紀代彦さんは幾つのときからこちらに？」

「五歳のときからです。義兄の子ですが、両親が育てられなくなったので、主人が引き取ることに」

「他にお子さまは？」

「おりません」

「失礼しました」

京介は謝ってから、

「紀代彦さんはどんなお子さんだったのでしょうか」

と、きいた。

「おとなしい子でした。体が大きく、妙に大人びた子でした」

「小学校はどちらに？」

「すぐ近くの久美浜南小学校です」

「中学校も？」

「この近くです」

「紀代彦さんは友だちと遊ぶほうでしたか」

「いえ、趣味が合わないのか、いつもひとりでした。スケッチブックを持って自転車でよく出かけていました」

「どの辺りまで行っていたのでしょうか」

「さあ、朝早く弁当を持って、夕方に帰ってくることもたびたび。かなり、遠くまで行っていたようです」

「紀代彦さんは学校を卒業してからもこちらで？」

「ええ。高校を中退していますが」

「どんな生活をしていらっしゃったのですか」

　京介は質問を続けた。

「アルバイトをしながら絵を描いていました。絵本作家になりたいと」

　養母は表情を曇らせた。

「そのことに賛成ではなかったのですね」

「ええ、まあ。でも、本人はその気で頑張っていました」

「美術学校に行くとかどこかの絵の団体に所属しようとはなさらなかったのですか」

京介はその理由を探ろうとした。

「美術学校に行くには京都市内に出なくてはならないでしょうし、そんなお金は出せませんので」

「絵の勉強はどうやっていたのでしょうか」

質問を続けた。

「安野光雅の絵を真似ていました。子どものころから安野さんの絵本に夢中になっていました」

紀代彦の子どもの時分を思いだしたのか、養母はやさしげな表情だ。

「幾つぐらいから持っていたのでしょうか」

「うちに来たとき、一冊だけ持ってました」

「なんという本かわかりますか」

「『ふしぎなえ』です」

紀代彦の生き方を決定づけた出会いの絵本だ。実の母親が子どもと別れるときに渡したのかもしれない。

紀代彦はその絵本に母親との大切な思い出を持っていたのだろうか。

「でも、十二歳ぐらいのときはあと何冊か持っていたようです」

「一冊から増えていたのですか」

「そうです。四、五冊はあったようです」

「どうしたのでしょう？」

「誰かにもらったのだと思います」

叔母は答える。

「実の母親と会っていたということは？」

「あり得ません」

そのとき、はるかが、あっと小さな声を上げた。京介ははるかの顔を見たが、何も言わなかった。

京介ははっとしたが、叔母に顔を戻し、

「絵を京都市内の画廊に売りに行ったことをご存じですか」

「ええ」

「売れたことはご存じですか」

「ええ。喜んでいました」

「買ってくれたひとが誰かは聞いていませんか」

「言いませんでした」

「絵を買ってくれたひとに連絡をとったり、会いに行ったりしたことはなかったのでしょうか」

「わかりません」

「どこかに出かけていくことは？」

「ときたま、どこかにふらりと出かけていました。いつも四、五日です」

「紀代彦さんがお亡くなりになったのは五年前の四月だそうですね」

自殺のことに話題を移した。

「ええ」

「松倉城趾で……」

「そうです」

叔母はしんみり答える。

「そこにはよく行かれていたのですか」

「ええ、スケッチブックを持って行っているようでした」

叔母は記憶を手繰るように言う。

「紀代彦さんが亡くなる前はどんな様子だったのでしょうか」

「一週間ぐらい前から元気をなくしていました」

「何かあったのでしょうか」

「わかりません。考えごとをしているのか、ひとりで茫然としていることが多くなりました」

叔母は首を横に振った。

「紀代彦さんの遺品などは？」

「ありません。皆処分してしまいました」

「絵なども？」

驚いてきき返す。

「絵は画廊の社長さんが欲しいと言うので」

「紀代彦さんは日記などは書いていなかったのでしょうか」

「書いていたようですが、処分しました」

「パソコンかスマホなども？」

「ええ、一切処分しました。主人が紀代彦の思い出を残したくないというので」

「ご主人は紀代彦さんを引き取ることに反対だったのですか」

「いえ、最初は不憫《ふびん》に思って。それに、主人は衣料品店を継がせようとしたのですが、紀代彦は拒んで。それ以来、ぎくしゃくして……」

叔母は溜め息交じりに言う。

「紀代彦さんの父親はどうなさったのでしょうか」

「五年前、脳溢血《のういっけつ》で倒れてそのまま亡くなりました」

「母親は？」

「紀代彦を置いて出ていってしまったようなひとです。生まれたときから、赤ん坊の世話をしたことはありません」

「そうですか」

　紀代彦の恵まれない生い立ちに同情するしかなかった。

「実の母親が紀代彦さんの前に現われることはあり得ましょうか」

「ないです。だって、紀代彦が死んだとき、苦労して居場所を探し、葬式に出るように伝えたのですが、関係ないと言って、来ませんでしたから」

　その後、いくつか気になることをきいて、

「いろいろありがとうございました」

と丁重に言い、別れの挨拶をした。

　外に出て、はるかの車に乗りこむ。

　シートベルトをして、

「さっき、安野光雅の絵本の話のとき、声を上げましたね」

と、京介はきいた。

「ええ」

「絵本に心当たりがあるのですね」

「姉が安野光雅の絵本を何冊か持っていました」

はるかがエンジンキーを廻《まわ》しながら言う。

「もしかしたら、しずかさんが紀代彦に？」

「わかりませんが、その可能性があります。うちに『ふしぎなえ』だけ残っています。叔母さんの話では紀代彦さんは『ふしぎなえ』は最初から持っていたようですから」

「そうですね。それ以外をあげたのかもしれませんね」

「でも、どうして姉が紀代彦さんと……」

はるかが首を傾げる。

「どこかで出会っているんですね。紀代彦が十二歳くらいのときに」

久美浜に住む紀代彦と宮津に住むしずかがどこで出会うのか。

「紀代彦は小学生でしょうね。宮津に行くとは考えづらい。しずかさんが久美浜にやってきたと考えたほうが……」

「記憶にありません」

はるかは首を横に振る。

「これからどちらに？」

「紀代彦が自殺をした城山公園に行ってみたいのですが」

「わかりました」

はるかはカーナビを頼りに車を発進した。

久美谷《くみたに》川を渡る。しばらくして久美浜代官所前《だいかんしょまえ》を通り過ぎた。丹後は幕府直轄領であり、代官所が置かれていたのだ。

市立久美浜小学校の裏山が城山公園、松倉城趾だった。

車を停めて、城山公園に向かう。それほど高い山ではない。

小学校の校庭の端に赤い鳥居が連なっている参道があった。ここが城趾への登り口のようで、「城山公園・松倉城址」の案内板が立っている。

両側から木に覆われた鳥居をくぐり、階段を上がった。さらに、整備されていない土の道を上に行く。

途中まで登り、少し広くなっている場所に出た。そこから久美浜湾が望めた。

京介は汗を拭きながら木々の向こうに見える湾に目をやった。穏やかな光景だ。

紀代彦はここからの風景を絵にしようとしていたのだろう。枝川紀代彦はその風景にいつも何かを追加する。この場合はなんだろうか。擬人化した鳥か蝶《ちょう》かと、勝手な想像を働かせた。

湾にボートが現われた。カヌーのようだ。ひとが大勢乗っている。

「あの船、なんでしょう」

はるかがスマートフォンを取り出して調べた。

「ドラゴンカヌーですって」

はるかがスマホを見ながら続ける。

「龍をかたどったカヌーに十名乗りこみ、太鼓や掛け声に合わせて漕いで競争するんですって。その大会が明日あるそうです」

「カヌーのレースですか」

京介は呟いた。

ふいに陽が翳ったように、京介は紀代彦の自殺に思いを馳せた。なぜ、ここを死に場所に選んだのだろうか。

久美浜湾に思い入れがあったのか。

「紀代彦がここで青酸カリを飲んだようです」

京介は思わず呟いた。

「ここですか」

はるかが訝《いぶか》しげにきく。

「久美浜湾の美しい風景を見ながら死んでいきたかったのでしょう」

京介は言ったあとで、絵は完成したのだろうかと思った。仕上げてから死んでいったのだろうか。

「その絵も、もうここにはないんでしょうね」

はるかが溜め息をついて言う。

「ええ。残念ながら」

「どんな感じの絵なのですか」

「水彩画です。安野光雅を師と仰いで絵を勉強していましたから、安野さんのような画風でしょう」

「安野光雅を尊敬していたんでしたね」

「ええ」

「自殺したのが五年前の四月ですか」

はるかは確かめるように言う。

「そうです」

「そんなに安野光雅が好きならどうして待てなかったのかしら」

はるかは久美浜湾を眺めながらぽつりと言った。

「待てなかったというのは？」

聞きとがめて、京介はきいた。

「五年前の六月、この町の和久傳《わくでん》ノ森《もり》に『森の中の家』という安野光雅館がオープンしたのです」

「えっ、安野光雅館ですって」

京介は驚いてきき返す。

「そうです。有名な料亭の和久傳が造ったんです。和久傳が所有の安野さんの絵が展示されています」

「そうなんですか」

「オープンが六月です、その二カ月前に死を選ぶなんて。それほど、苦しんでいたのでしょうか」

はるかが表情を曇らせた。

「確かにそうですね。安野光雅館が出来ることを知らなかったということはないでしょうね」

「知っていたはずです。前から評判でしたし、四月でしたら、六月オープンという告知はされているはずです」

はるかの言うとおりだ。安野光雅の作品をたくさん見ることが出来る。その欲求はなかったのか。

紀代彦が見ることが叶わなかった絵を見てみたい。

「そこに行ってみたいのですが」

京介は頼んだ。

「わかりました。そういえば、お昼、まだですね。和久傳ノ森にレストランもありますから」

はるかは一度行ったことがあるという。

城山を下り、車に戻った。

車は三一二号線を走った。

3

駐車場に車を停め、和久傳ノ森に向かった。強い陽差しが容赦なく降り注ぐ。

木の塀に「和久傳ノ森」と書かれていた。

中に入ると、コンクリートの長い壁に沿って進み、壁をまわると凛《りん》と黒い色調の建物が現われた。

建物の中に入り、受付で入館料を払う。

パンフレットを見ると、植物生態学者の宮脇昭《みやわきあきら》の指導のもとに植樹をして杜《もり》を造り、そこに建築家の安藤忠雄《あんどうただお》の自然の光や風を取り込んだ独特の設計による安野光雅館が建てられたらしい。

開館五周年記念展示で、安野光雅『洛中洛外《らくちゅうらくがい》』と『赤毛のアン』の展示をしていた。

やはり、開館は五年前の二〇一七年六月となっている。

枝川紀代彦はここに来ることなく命を絶ったのだ。

受付にあったチラシを手にとる。九月に行われる安野光雅展の予告といっしょに、古代丹波歴史研究所主催の第八回研究会開催のお知らせがあった。

二階の横に長い展示フロアは明るく、優しい水彩画の絵とマッチして穏やかな安らぎの空間に身を浸した。

『赤毛のアン』の絵本の原画が展示されている。

枝川紀代彦は子どものころから安野光雅の絵に癒され、その世界に憧れていっただろうことがよくわかるような気がした。

島原太夫が舞っている絵を見たとき、河合しずかの家で見た白拍子の絵を思いだした。この絵から着想を得たのかもしれない。

次に、丹後半島の小さな漁港の絵。先ほど松倉城趾の中腹から見た久美浜湾の風景と重なった。港に舟が停泊している。

枝川紀代彦は確かに安野光雅の絵から題材を得ている。しかし、それでは安野光雅の亜流でしかない。

ひょっとして、枝川紀代彦は自分の才能に行き詰まりを感じていたのではないか。

安野光雅を師と仰ぎ、独学で絵の勉強をしてきた紀代彦は安野の呪縛から逃れられず、足掻いていたのではないか。それが美術評論家の前島淳が言うところの、何かから逃げだそうとする強い意思なのでは……。

それでも、紀代彦は安野光雅を追っていた……。

安野光雅の年表が掲げられていた。安野光雅は一九二六年三月二十日、島根県鹿足《かのあし》郡津和野《つわの》で生まれる。

教師をしながら独学で絵の勉強をした。三十二歳のときに装幀を手がけ、三十五歳で絵描きとして独立。四十二歳で絵本『ふしぎなえ』を刊行。

旅と文学を愛し、文筆にも優れ、著作も多々ある。数々の賞を受賞し、世界的にも有名だ。二〇二〇年十二月二十四日に亡くなっている。九十四歳だった。

生まれ故郷の津和野に安野光雅美術館が開館したのは二〇〇一年三月二十日のことだ。

「津和野に美術館があるようですね」

京介は呟くように言う。

「津和野で生まれたのですね」

はるかが応じる。

津和野の美術館に枝川紀代彦は行ったことがあるのだろうか。

「すみません。ちょっと確かめたいことがあって」

京介は外に出てから、紀代彦の叔母に電話をした。

「弁護士の鶴見です。先ほどは失礼しました」

京介は名乗ってから、

「紀代彦さんは島根県の津和野に行ったことがあるかどうかわかりませんか」

「津和野ですか」

「ええ。そこに安野光雅美術館があるのですが」

「安野光雅美術館なら行ったようです」

「行きましたか」

「ええ、二度行っていると思います。パンフレットや図録が机に置いてありましたから」

「二度？」

「最初は十七歳のとき、そのあと二十歳のときだったと思います」

「そうですか、ありがとうございました」

京介は電話を切った。

「何か？」

はるかがきいてきた。

「枝川紀代彦は津和野の美術館に二度行ったことがあるようです」

「二度も」

「それなのに、あと二カ月で開館するこちらに来ないまま、なぜ死を選んだのか」

ただ、二十歳のときからだと五年経っている。すでに安野光雅から抜け出したいともがいていたから、和久傳ノ森の安野光雅館に目を向けなかったのか。

「遅い昼食をとりましょう」

はるかが誘った。

空腹も忘れていた。

工房レストランに入った。

京丹後で収穫された野菜や魚を中心に和久傳ノ森でとれた食材を使った料理が楽しめるという。

天井が高いゆったりとした空間で、大きなテーブルに並んで座った。メニューを見て迷ったが、京介は丹後の野菜の黒寿司を、はるかは野菜カレーを注文した。

料理を待つ間、京介はまたも紀代彦が自殺をした時期を考えた。やはり、安野光雅から離れようとしていたのか。

いや、そうではない。『高雅堂』の社長には、安野光雅を師と仰いでいると言っていたのだ。

枝川紀代彦にとって安野光雅は絶対的な存在だったのだ。和久傳ノ森の安野光雅館が開館したら安野本人が訪れるだろう。そうしたら、会うことも叶うかもしれない。紀代彦にとって大きなチャンスだったのではないか。

寿司が運ばれてきた。寿司が半分に割った竹筒の中に並んでいた。はるかにも野菜カレーが運ばれてきた。

寿司は酢と醤油《しょうゆ》を合わせた寿司飯に、丹後の野菜の酢漬け添えだという。

京介は一口食べて、うまいと思った。食べている間は、枝川紀代彦のことをすっかり忘れていた。

「おいしかった」

はるかも食べ終わって、

「さすが、有名な料亭の味ね」

と、満足げだ。

食後のコーヒーを飲みながら、

「はるかさんは河合さんの家の応接間に飾ってある絵を見ましたか」

京介はきいた。

「いえ、よく見ていません。姉さんの面会に行った帰りに寄りましたけど、三十分で引き上げましたから」

京介はスマートフォンを取り出し、写真を画面に表示した。

「この絵が飾ってありました。三枚とも枝川紀代彦の絵です」

はるかは体を寄せて京介のスマートフォンの画面に見入った。京介は内心どぎまぎしたのを気づかれないように、

「この白拍子が舞っている絵、さっき見た安野光雅の島原太夫の絵に似ていると思いませんか」

と、口にした。

「ほんとうに」

はるかも目を瞠《みは》り、

「これ静御前ね。背後の小さな社は静神社だわ」

と、言う。

「静神社には行ったことがあるんですか」

「ええ、母の実家がありましたから幼いころはよく」

「今は？」

「祖父母ももういないので行きません」

「幼いころはしずかさんも行ったのでしょうか」

「ええ、行きました」

「…………」

「何か？」

「枝川紀代彦も静神社に行っているんでしょうね」

「ええ、絵にしているのですから」

「そこに接点が……」

京介は呟き、

「静神社で、紀代彦氏としずかさんが出会ったということはないでしょうか」

と、はるかの顔を見た。

「でも、子どものころですけど」

そう言ったあとで、

「それにこの写真」

と体を寄せてきて、二枚目の絵の写真を指差した。

「このお百度石があるのは籠《この》神社です。宮津市です」

「宮津ですか」

安野光雅の『洛中洛外』に倣い、枝川紀代彦は丹後を描こうとしていたのだ。すると、

この森は……。

「あら、これは」

はるかが見て言う。

「ここじゃないかしら」

「やはり、ここですか」

「ええ、和久傳ノ森ですよ。まだ、建物が出来る前の」

「枝川紀代彦はここまで来ていたようですね」

京介は胸が騒いだ。

紀代彦は安野光雅館が出来るのを楽しみにしていたはずだ。そんな彼が開館二カ月前に自ら命を絶った。

それほど大きな何かが紀代彦を襲ったのだろうか。叔母の話では、死ぬ前は元気がなかったという。

ふと気がつくと、さっきからコーヒーに手をつけていなかった。ぬるくなったコーヒーに口をつけて、京介は今思いついたことをもう一度考えた。

元気がないことは誰にだってある。それだけで自殺に向かわせるほどの大きな何かがあったとは言えない。

「何をお考えですか」

はるかが声をかけた。

「ええ、ちょっと」

「なんですか、とても怖い顔をなさってますけど」

「そうですか」

京介は顔に手をやった。

「すみません。また、紀代彦氏の叔母さんに確かめたいことが」

京介は立ち上がって、出口に向かった。

外に出て日陰に入り、叔母に電話を入れた。

「何度もすみません。弁護士の鶴見です。紀代彦さんがお亡くなりになったとき、警察はすぐに自殺だと断定したのでしょうか」

「いえ、遺書もなかったし、青酸カリをどうやって手に入れたかもわからなかったので、自殺と結論が出るまでずいぶん時間がかかりました」

「かなり判断に迷ったのですね。で、どうして自殺ということに？」

京介は確かめる。

「事故の可能性もなく、紀代彦がひとから恨まれている形跡もなかったからでしょう」

「つまり、事件の証拠がないから自殺ということに？」

「ええ。絵を描いているから繊細な神経の持ち主だと思われたようです」

「あなたはどう思われたのですか」

「自殺をするような弱い人間ではないと思っていました」

「今、紀代彦さんの死をどう思っていますか」

「私は自殺ではないと思っています」

叔母ははっきり言った。

「当時の担当の刑事さんの名を覚えていませんか」

「ええ、覚えています。武《む》藤《とう》英《えい》治《じ》警部補です。何度もうちに聞き込みに来ましたから」

「京丹後中央警察署の刑事課の刑事さんですね」

「今も久美浜の大型交番にいるはずです」

「大型交番ですか」

十七年前網野署と久美浜署を廃止して峰山署に統合し、京丹後中央警察署に改称した。網野署と久美浜署はそれぞれ大型交番として存立しているという。

京介は工房レストランに戻り、はるかに紀代彦は自殺ではないと思うと話した。

「自殺じゃないとすると……」

はるかが立ち上がった。

「とにかく武藤という刑事さんに話を聞いてみたいのです」

「わかりました」

会計をしようとすると、

「だいじょうぶです。義兄から言われていますから」

「河合さんから？　でも、いけません。ここは……」

京介はなんとか払おうとしたが、私が叱られますからと言ってきかなかった。

4

それから三十分後、久美浜町に戻り、駅からほど近い久美浜交番の二階フロアで、幸いに出勤していた武藤英治警部補と会うことが出来た。

久美浜交番は旧久美浜警察署の建物をそのまま使っているので、交番のイメージはない。

白髪が目立つ武藤警部補は京介の名刺から顔を上げ、

「わざわざ東京からですか」

と、不思議そうにきいた。

「はい。ある事件との関わりで枝川紀代彦のことを調べています」

京介は切り出した。

「枝川紀代彦は五年前に自殺をしたそうですね。そのときの様子を教えていただきたいのです」

「わかりました」

朴訥《ぼくとつ》とした感じの武藤はおもむろに口を開いた。

「松倉城趾に登った地元のひとが久美浜湾が見渡せる場所で、若い男が倒れていると知らせてきたのです。私と同僚のふたりで駆けつけました。すでに絶命していました。そばに青酸カリが入った小瓶とペットボトルが転がっていました」

「自他殺の判断はすぐについたのですか」

「いや、時間がかかりました。遺書があるわけではなく、明確に自殺だとする証拠はありませんでした。かといって、第三者の存在を窺わせるようなものはありません」

武藤は思いだしながら話す。

「自殺という結論に至った決め手はなんでしょうか」

「枝川紀代彦がひとから恨みを買う人間ではなく、トラブルもなかったからです」

「殺される理由がないということですね」

「まあ、そうですね」

武藤は正直に答え、

「それと、現場に争ったような形跡はなく、枝川紀代彦は自ら青酸カリの入った水を飲んだとみるのが自然だったのです」

「飲まなきゃならないようにうまく誘導されたとか」

「どういうことが考えられましょうか」

武藤は逆にきいた。

「そうですね」

京介は質問を変えた。

「青酸カリの入手経路はわかったのですか」

「二十歳のとき、枝川紀代彦は丹後南病院で清掃のアルバイトをしていました。その病院で臨床検査室に保管されていた青酸カリが盗まれるという事件がありました。枝川が働いていた時期とは異なりますが、盗まれた青酸カリが何らかの形で枝川の手に渡ったのではないかと」

「その証拠はないのですね」

「ええ、可能性があるというだけで」

武藤も渋い表情だ。

「もし、殺人だという目で見たら、それに符合するものが何かありませんでしたか」

京介はきいた。

「ええ……」

武藤は俯いたが、すぐ顔を上げた。

「当日、男が城趾のほうから通りに出てきたのを見ていたひとがいたんです」

「男ですって」

京介は聞きとがめた。

「どんな男かわからなかったのですか」

「帽子を被《かぶ》り、黒っぽいジャケットを着ていて、身長は高いほうだったそうです」

「よく覚えていらっしゃいますね」

「念のために、その男のことを調べたのです。地元の人間ではないことも考えて、旅館を当たりました。でも、はっきりしませんでした」

武藤は顔をしかめ、

「じつはその目撃情報を聞いたのは、死体発見から数日経っていたのです。ですから、その男がよそからやって来ていたとしても、すでにこの地を離れたあとだったでしょう」

と、唇を噛《か》んだ。

その仕種《しぐさ》に、京介はおやっと思った。

「ひょっとして武藤さんは？」

「いえ、枝川紀代彦は自殺だと思っています。でも、その男のことがわからずじまいだったことで、なんだかもやもやしたものが残って……」

武藤は呟く。

「枝川紀代彦の死にその男が関わっているかもしれないと思っていらっしゃるのでは？」

「あなたは自殺に否定的なようですね」

武藤が逆にきき返した。

「自殺する動機がわからないのです」

京介ははっきり言う。

「殺しだとしたら、あなたは犯人に心当たりがあるのですか」

武藤が鋭くきいてきた。

「いえ」

京介は首を振った。

もうこれ以上きくことはないと思った。

「お忙しいところをありがとうございました。武藤さんがこちらにまだいらっしゃって助かりました」

「じつは、もうすぐ定年なんです。それで、ずっとここに」

「そうでしたか」

「定年までに、このもやもやが晴れるといいのですが」

武藤は玄関まで見送ってくれた。

外に出ると、まだ明るかった。五時になるが、日没にはまだ時間がある。

車に戻ると、はるかが鋭くきいた。

「鶴見さんは、枝川紀代彦を殺した人間に心当たりがあるんじゃないですか」

「……」

京介は黙ってシートベルトをした。

はるかもそれ以上はきかなかった。

「今夜はどこにお泊まりに」

「まだ決めていません」

「もし、よろしければ私の家に。部屋はありますから」

「とんでもない。ホテルを探します」

久美浜には温泉があるが、そんな贅沢《ぜいたく》は出来ない。京介はスマートフォンで検索し、安いホテルを探した。

宮津駅近くにホテルを予約した。

「そこは私の家から遠くありません、じゃあ、宮津に向かいますか」

エンジンをかけて、はるかが言う。

「その前に、静神社に行ってみたいのですが」

京介は静神社が、枝川紀代彦としずかの出会いの場所ではなかったかと推測した。

夕日ヶ浦温泉を過ぎ、車は六六五号線を走った。日本海を眺めながら、枝川紀代彦としずかに思いを馳せていると、はるかは車の速度を落とした。

「ここです」

はるかは右手の切り立った崖を見て言う。

車を駐車場に停めて降りる。

静神社は切り立った崖の上にあった。登り口に、「〜日本史最大の恋物語〜静・義経』永遠の愛の地」と書かれた幟《のぼり》が立っている。

京介とはるかは石段を上がった。登り切った正面に小さな社殿がある。京介とはるかは柏手《かしわで》を打ち、拝んだ。

説明文を読む。

「悲劇の英雄、源義経の愛妾《あいしょう》であった静御前を祀《まつ》っているのがこの神社です。静は磯《いそ》の禅師《ぜんじ》の娘として生まれ、京に出て、白拍子になり義経に見染められるのですが、義経が追放された後は故郷の磯に帰り晩年を過ごしたということです……」

京介はスマートフォンを取り出し、枝川紀代彦の絵を画面に出した。やはり、白拍子が舞っているのはこの神社の前だ。

しずかの母親の実家はこの磯地区にあるという。枝川紀代彦としずかの接点がここにある。

「静御前の生誕の地に行ってみますか」

はるかが言う。

「ええ」

京介とはるかは石段を下った。

そこから少し離れたところから集落のほうに下って海が見える場所に着いた。

「静御前生誕の地碑」が建っている。

「静は磯に生を享《う》け、父は磯野善次といい『磯の衆』と呼ばれた海士の一族であった。幼名を静尾といい、七才で父を失い母に連れられて都へ上った。母は白拍子として有名になり、静も都で指折りの白拍子へと成長していった。やがて義経に見初められ……」

京介は目の前に広がる海に目をやった。陽が沈もうとしている。

ここでふたりは出会っている。京介はそんな気がしてならなかった。

「母はここで生まれ二十歳まで過ごしたそうです。美しかったので静御前の生まれ変わりだと言われたそうです。宮津に住む父に嫁いで姉を産みました。姉も母譲りで、美少女でした」

はるかが海を見つめながら続ける。

「姉が中学生のころ評判を聞きつけて、京都市内から芸能事務所のひとがやってきたり、雑誌社のひとが写真を撮りに来ていました。姉ばかりがちやほやされて、同じ姉妹なのにどうしてこうも違うんだろうと思いました」

あなただって美人だと、思わず口に出かかった。

「鶴見先生は姉と枝川紀代彦が親しい関係だったと思ってらっしゃるんですね」

はるかが顔を向けた。

「そして、そのことが今回の姉の事件に絡んでいると？」

「ええ。あくまでも想像ですが、ふたりは恋人同士だった。でも、しずかさんは河合正人さんに嫁いだ。別れたふたりでしたが、枝川紀代彦が絵を画廊に持ち込んだことから運命が動いたのです」

京介は続ける。

「しずかさんは応援したいという思いから枝川紀代彦の絵を購入した。それも三枚も。応援してやろうという気持ち以上のものがあるように思えます」

「そうですね」

「画廊の社長から絵の買い主を聞いて、枝川紀代彦はしずかさんに連絡をとった。ここからも想像ですが……」

京介は間《ま》を置いて、

「ふたりの関係が復活した」

と、続けた。

「しかし、しずかさんはこの関係に苦しんだ。夫を裏切っていることに耐えきれず、枝川紀代彦に別れを切り出した。そのショックから枝川紀代彦は死を選んだ」

「鶴見先生はその考えを信じていらっしゃいませんね」

またも、はるかは鋭く迫ってきた。

「なぜ、そう思うのですか」

京介は反論した。

「だって、枝川紀代彦は殺されたと思っているのでしょう」

京介はすぐに返事が出来なかった。

夕陽が海の向こうに沈んでいこうとしている。

「枝川紀代彦を殺す動機があるのはひとりしかいませんね」

はるかが言った。

「…………」

京介は押し黙った。

「義兄は姉にぞっこんでした。姉の心を摑むために誠心誠意尽くしていました」

「私は何もそこまで……」

京介ははるかの考えを制した。

「では、枝川紀代彦を殺したのは誰だと考えていらっしゃるのですか」

はるかは追及する。

「あなたはどう思っているのです？」

京介は逆にきいた。

「わかりません。それに義兄を疑いたくありません。ただ」

はるかはそう言ったあと、口を閉ざした。

「ただ、なんですか」

京介は恐る恐るきいた。

「そう考えたほうが、姉が諸岡恭平さんと会っていた理由《わけ》がわかります」

「どうわかるというのですか」

京介は意地悪いきき方だと思いながら口にした。

「諸岡さんは枝川紀代彦を義兄が殺したのを知っていたのではないでしょうか。それで、姉を脅した。姉は義兄の秘密を守るためにほんとうのことを言えない……」

はるかは重たい口調で言う。

「あなたの推理にはふたつの疑問があります。まず、諸岡恭平が枝川紀代彦殺しの犯人をどうやって知ったのか」

「諸岡さんはフリージャーナリストですよね。取材で知っていたということは考えられないでしょうか」

「取材ですか」

京介は首をひねり、

「確かにその可能性もなくはありません。でも、諸岡恭平は芸術文化方面は畑違いだったでしょう。そんな諸岡が枝川紀代彦を知っていたかどうか」

「………」

「それともうひとつ。百歩譲って諸岡恭平が枝川紀代彦殺しが河合正人さんの仕業だと知っていたとして、なぜ脅迫相手がしずかさんなのか。脅迫をするなら正人さんにではないでしょうか」

「諸岡さんに姉を自分のものにしたいという欲望があって……」

「しずかさんは枝川紀代彦を殺したのが自分の夫だと聞かされて、正人さんを許すことは出来るでしょうか」

「………」

「私は河合正人さんは事件に関係ないと思っています」

「すると」

はるかは不思議そうな顔をした。

「すっかり暗くなってしまいました。行きましょうか」

話を強引に切り上げて、京介は引き上げようとした。

はるかは黙って頷いた。

車で宮津市に戻った。宮津駅に近い予約したホテルまで送ってもらった。

「では、車を置いたら迎えに来ます」

はるかは車を出した。

京介はロビーに入り、フロントに行った。チェックインを済ませ、荷物を部屋に置いてからロビーに下りた。

十分ほど待って、はるかがやってきた。

駅近くにある焼鳥屋に入った。カウンターと小上がりの座敷がある。

ふたりはカウンターに並んだ。

「お腹《なか》、空《す》きましたね」

京介は言う。もう八時を過ぎていた。

焼き鳥の盛り合わせと野菜焼などを頼み、注文した生ビールが届いて、

「きょうはありがとうございました。助かりました」

京介はジョッキを目の高さに掲げた。

「こちらこそ、姉のためにありがとうございました」

はるかもジョッキを上げた。

焼き鳥を食べながらビールを呑む。しかし、京介は胸の底に澱《おり》のような何かが沈んでいるようですっきりしなかった。

はるかもわざと元気を出しているように見える。勘の鋭い女性だ。京介の考えていることを推察しているのではないか。そんな気がしてならない。

「朝、お会いしたとき、民謡の宮津節を聴いたことがあるかとききましたね」

京介は疑問を口にした。

「覚えていらっしゃったんですね」

はるかが微笑《ほほえ》んだ。

「宮津節がどうかしたのですか」

京介は気になっていた。

「江戸時代から宮津港は船の出入りが多く、たいそう賑わったそうです。それで遊廓《ゆうかく》が軒を並べていたんです。宮津にやってきた船乗りや商人たちが遊廓で遊んで帰る。散財した客の気持ちを唄ったのが、一番の歌詞です」

「どんな歌詞なんですか」

京介は興味を持ってきく。

「二度と行こまい丹後の宮津　縞の財布が空になる、という歌詞なの」

「なるほど。遊廓が栄えていたんですね」

「ビール、お代わりしようかしら」

手を上げて、はるかはビールを注文した。

「枝川紀代彦を殺したのは誰なんでしょう」

ふいに、はるかが顔を向けた。

「さあ」

京介は首を横に振った。

その話題から離れようと、

「しずかさんは芸能事務所からも誘われていたそうですが、どうしてそっちの道に行かなかったのでしょう？」

と、京介はきいた。

「性格がその方面に向いていなかったのでしょうね。ちょっと暗いところがあるでしょう。でも、翳があって魅力的だと感じるひとも多いようですけど」

新しいビールに口をつけて、はるかは続けた。

「私だったら芸能界に飛びこんでいたでしょうけど」

「姉妹でもだいぶ性格は違うんですね」

「ええ。でも、姉も昔は明るかったんです。でも、おとなになるにつれて変わったわ。もしかして」

はるかははっとしたように顔を向け、

「姉は恋をしてから変わったんだわ」

「…………」

恋の相手が枝川紀代彦か。

「鶴見先生、おっしゃってください。ほんとうは姉のことを疑っているのではありませんか」

とうとうはるかはそのことを衝《つ》いてきた。

「どうしてそう思うのですか」

京介は動揺を隠してきいた。

「枝川紀代彦殺しは義兄ではないとはっきり否定されたとき、鶴見先生は誰か他のひとを頭に描いているのだと思ったんです」

「それが、お姉さんのことだとどうしてそう思われたのですか」

「枝川紀代彦さんが青酸カリが入ったペットボトルの水を素直に飲んでいるからです。姉に勧められたら、疑いもせずに飲むんじゃないかしら」

「…………」

「姉は紀代彦さんと再会して縒《よ》りが戻った。いったん別れていた分、ふたりは情熱的になった。でも姉はこのままではいけないと思い、別れようとした。だけど、紀代彦さんは別れを承知しない。それで……」

京介もその可能性を考えた。松倉城趾から出てきた男が目撃されているが、それが犯人かどうかわからない。

しずかに疑いを向けたことをはるかに悟られないようにした。しかし、はるかは気がついていた。

京介はしずかが犯人ではない証拠を探そうと、頭を回転させた。

「しずかさんが犯人だとしたら、どうやって青酸カリを入手したのでしょうか」

「…………」

「こういうことは考えられます」

京介は思いついたことを口にした。

「青酸カリを入手したのは枝川紀代彦です。ふたりはもはや別れられない関係になっていた。このままでは破滅だと考えたふたりは死出の旅に……」

「心中だと？」

「可能性です。心中しようとして枝川紀代彦が青酸カリ入りの水を飲み、それからしずかさんはペットボトルの水を飲もうとして思い止《とど》まった。死ぬことが怖くなって、その場から逃げだした」

「…………」

はるかは深刻な表情で聞いている。

「でも、これにも幾つかの疑問があります」

京介は続ける。

「ふたりが心中するほどに思い詰めた関係だったら、河合正人さんは妻の不審な行動に何か気づくのではないでしょうか。旅行に行く機会が増えた、外泊が多くなった、あるいは物思いに耽《ふけ》っていることが多くなったとか」

「口にしなかっただけかも」

はるかが口をはさむ。

「そうかもしれません。しかし、正人さんの様子からそのようなことがあったとは感じられません。それより、一番大きな問題は、この心中未遂に諸岡恭平氏がどう絡んでくるかです。今のところ、枝川紀代彦と諸岡恭平に何の接点もないのです。それに、枝川紀代彦の死から五年も経っているのですから」

「じゃあ、鶴見先生は枝川紀代彦さんの死に、姉は関係ないと？」

「そう思います」

「もしかしたら、姉と諸岡恭平さんとのことに、枝川紀代彦はまったく関係ないということも考えられるのでは？」

はるかが指摘した。

「ええ。そうかもしれません」

そうだとすると、枝川紀代彦について調べたことは無駄骨ということになる。枝川紀代彦のことが関係ないとはっきりしただけでも、丹後まで来た成果はあったと、自分に言いきかせるしかないか。

「やはり、諸岡恭平のことを調べる必要がありますね」

京介は深く溜め息をついた。

それから何となく互いに口数も少なくなった。

「お腹が満たされたら眠くなってきました」

はるかが言う。

「ずっと運転させて……。お疲れになったでしょう」

京介はいたわった。

「いえ、平気です」

「そろそろ行きましょうか」

「明日は何時の電車ですか」

「十時十分発に乗ろうと思います。東京には二時半ごろに着きますから、しずかさんに会いに行こうかと」

「お見送りします」

「そこまでしていただいては」

「気にしないでください。だって、姉のために動いてくださっているんですから」

「そうだ」

京介は思いついて、

「十時十分に間に合えば、枝川紀代彦の絵にあった籠神社に寄ってみたいと思ったのですが」

「わかりました。朝八時半にお迎えにあがります」

「すみません」

京介は礼を言った。

ふたりは立ち上がって、京介が勘定を払った。

翌朝、ホテルまではるかが車で迎えにきた。

車は天の橋立のほうに向かった。

石造の大きな鳥居が見えてきた。はるかは駐車場に車を入れた。

脇の入口から入る。

籠神社の説明文によると、神代の昔から奥宮の地眞名井《まない》原に豊受大神《とようけおおかみ》を祀ってあったが、天照大神《あまてらすおおみかみ》が大和国《やまとのくに》からやってきて、吉佐宮《よさのみや》と称して天照大神と豊受大神を祀っていた。ところが、その後、まず天照大神が、そして豊受大神も伊勢に遷《うつ》られた。そのためにこの神社は元伊勢《もといせ》と言われているという。

両大神が遷られたあと、ここには天孫彦火明命《ひこほあかりのみこと》を御祭神として、社名を籠宮《このみや》と改めたという。

本殿は伊勢神宮とほぼ同じ唯一神明造《ゆいいつしんめいづく》りをとっているという。丹後国一の宮として、格式が高い神社だ。

「伊勢神宮と関わりがあるのですか」

京介は驚いた。

「そのことは籠神社に秘蔵されてきた『海部氏《あまべし》系図』と『海部氏勘注系図』から読み解くことが出来るんです。どちらも国宝指定されています。籠神社の宮司家は海部氏で、現在の当主は第八十二代だそうです。天皇家は百二十六代ですが、一代にかかる年数の違いがあるため、年代的古さがほとんど変わらないという見方もできるでしょう。海部氏は彦火明命を始祖としています。天皇家は神武天皇から数えていますが、それ以前の神代の系譜は天照大神、次が天忍穂耳尊《あめのおしほみみのみこと》、そして天津彦彦火瓊瓊杵尊《あまつひこひこほのににぎのみこと》……」

京介ははるかの説明を驚きながら聞き入った。その内容もさることながら、はるかの博識に対してだ。

「海部氏の始祖の彦火明命は天忍穂耳尊の第三御子という注記が系図に記されているのです。つまり、天皇家の天津彦彦火瓊瓊杵尊と彦火明命は兄弟ということになるのです。『古事記』や『日本書紀』ではその関係を兄弟だったり親子だったりとしていますが、この海部氏の系図は長い年月、ひたすら海部氏宮司家で秘蔵され、昭和五十年になって初めて公開されたそうです。公開されるとすぐに重要文化財に指定され、翌五十一年には異例のスピードで国宝に指定されたそうです」

はるかが説明を終えた。

「どうして、そんなに詳しいのですか」

京介は目を瞠ってはるかを見た。

「受け売りです。明窓出版から出た伴《ばん》とし子氏の『卑弥呼の孫トヨはアマテラスだった』という本を読んで」

はるかは肩をすくめて笑った。

興味を惹かれたが、京介の関心は今はそこではなかった。鳥居の近くにあるお百度石だ。この石柱から拝殿まで行って参拝し、ここまで戻ってくる。願いごとが叶うように、それを百回繰り返すのだ。

枝川紀代彦の絵にはここでお百度参りをする女性の姿が描かれている。

紀代彦はこの神社にも来ているのだ。

「姉さん、昔ここで雑誌社のひとに写真を撮られたことがあったわ」

はるかが思いだして言う。

「しずかさんが幾つぐらいのときですか」

京介はきいた。

「中学を卒業するときですから十五歳のときですね」

「もし、十二歳の枝川紀代彦がその場に居合わせたとしたら……」

その光景を思い浮かべるように、京介はお百度石から拝殿のほうに目をやった。

「そろそろ行きましょうか」

はるかが言う。

車に乗り、宮津駅まで送ってもらった。

ホームまで見送りに来たはるかと別れ、京介は『特急はしだて』に乗りこんだ。

東京駅には定刻に着いた。そこから錦糸町まで行き、本所中央署に向かった。

しずかと接見できたのは四時過ぎだった。

「取調べで何か新しいことを言われましたか」

京介は切り出した。

「いえ。ただ、正直に話すようにと、そればかり」

「そうですか」

警察は自白が欲しいのだ。

しずかと諸岡恭平が不倫関係にあったという決定的な証拠を摑んでいないからだろう。

だが、状況的には別れ話のもつれによる犯行という以外は考えられないし、しずかの言い訳は説得力に欠けるのだ。

「枝川紀代彦の絵のことですが」

京介は切り出す。

「あなたは前島氏の新聞エッセイで、あの画廊のことや絵を知ったと言っていましたが、それに間違いはありませんか」

「ええ」

「前から知っていて、あの画廊に行ったということではないのですね」

「ほんとうです」

しずかはまっすぐ目を向けて言った。

嘘はないようだ。やはり、問題は『高雅堂』で絵を買った後だ。

その後、ふたりは再会し、付き合いがはじまった。だが、丹後に住む枝川紀代彦と東京のしずかはどこで会っていたのか。

さらに、諸岡恭平はふたりにどう関わっているのか。

「あなたは大学を卒業後、大手商社に勤め、二年後に退社して河合製作所に就職をしていますね」

「はい」

「大手商社を二年で辞めたのはどうしてですか」

「ちょっと人間関係で悩みがあって」

しずかは眉根を寄せて言った。

「失礼ですが、その当時、あなたにはお付き合いをしている男性はいらっしゃったんでしょうか」

「……いえ」

返事まで間があった。

「あなたは中学生のころ、芸能事務所からの誘いがずいぶんあったそうですね」

「そうですね」

しずかは気のない返事をした。

「その誘いに乗ろうとはしなかったのですか」

「興味ありませんでしたから」

「そうですか」

その件には触れたがらないようだ。

「では、また明日来ます」

京介は言い、接見を終えた。

その夜、京介は河合邸を訪れた。

「丹後で、はるかさんにいろいろお世話になりました」

京介は報告する。

「お役に立てたならいいんですが」

正人は沈んだ声で言い、

「何かわかりましたか」

と、不安そうな目を向けた。

「枝川紀代彦としずかさんには接点があり、顔見知りだったことは、まず間違いないようです。だから、応援してやりたいと思ったのでしょう」

京介はふたりが恋仲である可能性については触れずにおいた。

「はるかさんの話では、しずかさんは評判の美少女で、芸能事務所からの誘いも多かったそうですね」

「そうらしいですね」

「しかし、しずかさんはそっちの道に行かなかった。なぜなのか、しずかさんから聞いたことはありませんか」

「芸能関係に向いていないと思ったんじゃないですか」

正人は当然のように言う。

「ふつうなら夢見てもいい年ごろではないでしょうか」

「地道に生きるほうが自分に向いていると気づいたのでしょう。おかげで、私は彼女と出会うことが出来たのです」

「ご結婚はしずかさんが二十五歳のときですね」

「そうです。今年で、結婚八年になりました。まさか、ここまで来てこんなことになるなんて」

「こんなことを伺っては失礼なのですが、しずかさんに他に付き合っている恋人はいなかったのでしょうか」

「………」

正人は表情を歪ませた。

「どうなのですか」

「いたのですね」

「いました。前の会社のひとです。でも、彼女をめぐって社員がふたり気まずい関係になり、会社に居づらくなって辞めたそうです」

「それはしずかさんからきいたのですか」

「いえ、家内の同僚だった女性からです。結婚式にも出席してくれました」

「そのひとの名前はわかりますか」

「南山《みなみやま》淳美《あつみ》さんです。会社を辞めた今でも付き合いは続いています」

「親しい仲なのですね」

「そうです」

連絡先をきいた。

「彼女に何か」

正人が不安そうにきいた。

「念のために、諸岡恭平さんのことをきいてみようと思いまして」

それは口実だった。実際は、枝川紀代彦のことだった。

河合邸を出てから南山淳美の家に電話をした。

翌日、淳美はわざわざ虎ノ門の事務所にきてくれた。しずかと同い年のぽっちゃりした女性だった。

「彼女のことが心配で」

淳美が椅子に座るなり言った。

「あなたはしずかさんと仲がよかったそうですね」

「ええ、同期ですぐ親しくなりました」

「彼女が前の会社を辞めた理由は？」

「彼女は美人でしょう。周囲の男が放っておかなくて。それで、いろいろ問題が。彼女には罪はないのに、まわりの男が勝手に騒いで」

淳美は口元を歪めた。

「当時、彼女には付き合っている男性はいたのですか」

「いました。でも、彼女は別れました」

「なぜ、ですか」

「専務の息子がしずかに好意を抱いて近づいてきたんです。でも会社で噂《うわさ》になった途端、自分の保身が優先で、彼女を守ろうとしなかったんです。男としての器の小ささに幻滅し、彼と別れると同時に会社も辞めたんです」

「そういう話はあなたにしていたのですね」

京介がきいた。

「ええ。私には何でも話してくれました」

「恋愛話は他にも？」

「ええ。でも、諸岡恭平というひとの話は聞いたことはありません」

淳美は口にした。

「どうしてでしょうか」

「わかりませんが、諸岡恭平さんとは最近のことだからかもしれません」

「そうですか。では、枝川紀代彦という名を彼女から聞いたことはありませんか」

京介は肝心なことに触れた。

「枝川紀代彦って、しずかの家の応接間に飾ってある絵の作者ですね」

淳美は思いだしたようにきいた。

「知っていましたか」

「ええ、彼女から聞きました。京都の画廊で買ったそうですね」

「枝川紀代彦について何か言っていましたか」

「同郷だから応援したいとだけ」

「知り合いだったということは？」

「いえ、それは言っていませんでした。知り合いだったんですか」

淳美は逆にきいてきた。

「いえ。そうではないかと思っただけです」

京介は言い繕ってから、

「しずかさんは子どものころの話をすることはありましたか」

と、質問を変えた。

「ええ、丹後にいたころの思い出を」

「芸能事務所から誘われていたということは？」

「いえ。そういう話は聞いたことがありません」

「そうですか」

「芸能事務所から誘われていたのですか」

「そうらしいです」

「美少女だったんでしょうね」

淳美は遠い目をして、

「でも彼女は自慢するようなことは言いませんから」

と、しずかを讃《たた》えた。

何でも話し合える友人にも、しずかは枝川紀代彦のことはあまり話をしていないようだ。

「先生、しずかはどうなるのでしょうか」

淳美が心配そうにきいた。

「警察が考えたストーリー、つまり不倫の末の別れ話のもつれからの殺人として起訴され、裁判になるでしょう。争点は、しずかさんと諸岡恭平氏とが不倫関係にあったかどうかです」

「彼女は不倫などしていません。不倫していればわかります」

「ここ数カ月、彼女に何か変わったことはありませんでしたか。些細《ささい》なことでも、以前と違うようなことがなかったでしょうか」

「………」

淳美は首を傾げた。

「そういえば」

淳美が顔を向けた。

「六月のはじめだったかしら。彼女と久しぶりに会って、銀座から京橋のほうに歩いていたら、ふいに立ち止まったんです。恐ろしい顔で、目の前のビルを睨《にら》むように見ていました」

「ビルを見つめていたんですか」

「ええ。どうしたのときいたら、なんでもないとごまかしていましたが、たぶん探偵社の看板を見ていたんじゃないかと」

「探偵社ですか」

「彼女の目の先に『栄光探偵社』という看板がありました」

しずかは諸岡恭平のことを調べようとしたのではないか。その調査結果を得て、諸岡恭平に近づいた。

いったい、しずかは諸岡恭平の何を調べたのか。

第三章　父と子

1

その日の午後、京介は京橋にある『栄光探偵社』を訪れ、所長に会って依頼人の河合しずかについてきいた。

しかし、守秘義務の問題以前にしずかが訪れた事実はないことがわかった。しずかは『栄光探偵社』の看板を見て、探偵社の利用を思いついただけかもしれない。

他に心当たりがあるのではないかと思い、夫の河合正人にきいてみたが、しずかが探偵社に依頼したことはないはずだと言う。その後の連絡でも、河合の知っている探偵社にしずかは行っていないということだった。

幾つかの他の探偵社に確かめたが、河合しずかが訪れたことはなく、また諸岡恭平についての調査依頼を受けたところもなかった。

諸岡恭平は東京都荒川区小台《おだい》の生まれで、五歳のときに両親が離婚し、恭平は母親に引き取られた。諸岡は母親の旧姓である。

母子は千葉県木更津にある母親の実家に引っ越し、恭平は東京の大学を卒業後、広告代理店に就職。その後、フリーのジャーナリストとして独立をしている。

母親は恭平が三十二歳のときに病死をしている。

この経歴の中で、しずかは諸岡恭平の何を調べようとしていたのか。

探偵社を使って調べようとしたと思われるが、結局探偵社を使った形跡がみつからない。使う必要もなかったということだろうか。

そもそも、諸岡恭平に興味を持ったきっかけはワイドショーの彼の発言であった。絵に対するコメントから、諸岡恭平は枝川紀代彦の死を知っていたのではという疑念を抱いたとすれば……。しずかはなぜそのことにこだわったか。


翌日。電話で訪問の約束をして、京介は諸岡恭平の友人である糸田雄次を田町駅に近いビルにある事務所に訪ねた。

糸田と応接セットで向かい合った。

「また諸岡恭平さんのことでお話をお伺いしたいのですが」

京介は切り出す。

「諸岡さんは自分の昔のことをあまり喋らないほうでしたか」

「いや、そんなことありませんよ。両親が離婚して、母親といっしょに暮らすようになったけど、父親ともよく会っていたと言っていました」

「両親の離婚は何が原因だったのでしょう？」

　京介はきいた。

「父親は高校の教師ですが、古代史の研究家でもあって、その研究に没頭し、家庭を顧みなかったそうです。遺跡が発見されると学校も休んでその場所に居続ける。奥さんの都合などおかまいなしで。家庭的なひとではなかったようです」

「そういう父親ともよく会っていたのですか」

「ええ。父親に会いにアパートに行くと、いつも古書を読んだり、原稿を書いたりしていて、あまり相手にしてもらえなかったそうですが。でも、父親は彼を追い返したりはしなかったと言っていました」

「父親のことが好きだったんですね」

「わざわざ会いにいってるんですから、好きだったんでしょうね」

「父親の連絡先はわかりませんか」

　父親は諸岡恭平の葬儀には出席しているはずだ。父親から何か聞けそうな気がした。

「とうに亡くなっているようです」

「父親も亡くなっているんですか」

「ええ、彼が二十三歳のときです。運転中、高速道路でガードレールに激突したそうです」

「事故ですか。まだ、若かったでしょうに」

京介は落胆した。

「四十八歳だったそうです」

両親に続いて恭平自身も若くして亡くなっている。

「じつは河合しずかさんが探偵社を使って諸岡恭平さんのことを調べようとしたのではないかと思われるのです。結果的には依頼していないようですが、いったい諸岡さんの何を調べようとしていたのか」

「さあ、なんでしょうか」

糸田は首をひねった。

「秘密めいたことは感じられなかったでしょうか」

「ええ、ありません」

糸田は答えたあとで、

「先日、諸岡が丹後半島に旅をしたことはあるかとお訊ねでしたね」

「ええ」

「あのときはないと答えましたが、以前に彼と京都で落ち合ったことがあります。彼は取材で、私は得意先との懇親会に出席のためです。その夜は同じホテルで泊まり、祇園《ぎおん》のクラブで呑みました。そのとき、彼は京都で取材が残っているので、もう一泊して帰ると言ってました」

糸田は続けた。

「もしかしたら、そのとき丹後のほうに行っていたかもしれません」

「それはいつでしょうか」

「五年前の一月です」

「五年前……」

枝川紀代彦が死んだのは五年前の四月十九日だ。

「どうして、そう思われたのですか」

京介は逸《はや》る気持ちを抑えてきいた。

「数日前、彼を偲《しの》んで、彼の書いたエッセイを読み返したんです。掲載の雑誌を取ってありましたから」

糸田は立ち上がって自分の机まで行き、雑誌を持ってきた。『旅と芸術』という雑誌だ。

「ここを」

見開きのページを広げて、糸田は京介に渡した。

京介は受け取った。

題名は、「キリシタン灯籠《とうろう》」となっている。

茶人の千利休の弟子である古田織部《ふるたおりべ》が考案した灯籠は「織部灯籠」と呼ばれているが、別に「キリシタン灯籠」とも言われているという書き出しではじまっていた。

石灯籠の構造は上から宝珠《ほうじゅ》、笠《かさ》、火袋《ひぶくろ》、中台《ちゅうだい》、竿《さお》、基礎の部分からなる。一方、織部灯籠は下方の基礎部分がなく、地面に竿を直接埋め込んで立てる。そのぶん、小ぶりに出来ている。また、竿の部分に人物が刻まれている。

エッセイでは、古田織部の石灯籠がなぜキリシタン灯籠と呼ばれるようになったかを説明しているが、京介は糸田が蛍光ペンで印をつけた文章に目を移した。

京都には北野天満宮、三千院などの有名な寺社の庭に織部灯籠が置かれているが、私は意外な場所で織部灯籠を目にした。

そこは京丹後市久美浜町の豪商稲葉本家の庭である。

稲葉家は江戸時代に糀《こうじ》の製造で得た富をもとに、北前船《きたまえぶね》を使った沿岸交易で財をなした豪商である。

なぜ、稲葉家の庭に古田織部のキリシタン灯籠が置かれたのかはわからないが……。

京介は久美浜で見た稲葉本家の大きな屋敷を思いだした。

このエッセイの記述が事実なら、諸岡恭平は久美浜町に行っているのだ。まさか、他人から聞いた話をあたかも自分が行ったように書いているわけではあるまい。

枝川紀代彦の家は稲葉本家からそれほど離れていなかった。諸岡恭平が枝川紀代彦に出会う機会はあったのだ。

「この雑誌はいつ発売されたのでしょうか」

京介は雑誌の裏を見た。

「五年前の四月半ばぐらいですね」

すると、原稿を仕上げたのは二月から三月にかけてのころか。

諸岡と枝川紀代彦の間に何かあったのだろうか。殺したいほどの強い恨みが生じるような何かがあった……。

「五年前の四月十九日前後、諸岡恭平さんは何をしていたかわかりませんか」

「四月十九日前後ですか。さあ」

糸田は首を傾げた。

「まず、私が何をしていたか思いださないと。三年前に替えているので、前のスマホを見ないと」

そう言って、糸田は立ち上がって机に向かった。

糸田は白いスマートフォンを充電しながら起動した。

「五年前ですね」

糸田はスマホのスケジュール表から五年前の四月を探し出し、

「四月二十日に諸岡と会っていますね」

と、口にした。

「夜ですか」

「ええ、夜七時に新宿で」

前日に京丹後市に泊まって、二十日に帰ってくることは可能だ。

「諸岡さんが十九日にどこにいたかわかりますか」

「さあ、そこまではわかりません」

「そうでしょうね」

京介は頷いた。

「ただ、二十日に会ったとき、妙に饒舌《じょうぜつ》だったことを覚えています」

「饒舌？」

「ええ、少し興奮しているような」

「興奮ですか」

「そうだ」

そのときのことを思いだしたのか、糸田は目を見開いて、

「エッセイを読んだばかりだったので、キリシタン灯籠の話題になったんです。私は興味があったので、京丹後市久美浜町の稲葉本家にある織部灯籠の話をしたら、彼はなぜか、あまり話したがらなかったんです」

「話したがらない？」

「ええ、それでしつこくきいたら、内緒だと言って打ち明けたのですが、稲葉本家には行っていないと」

「行っていない？」

「ええ、エッセイでは自分が実際行ったように書いたが、ほんとうは編集者が行っただけで、その編集者から聞いてエッセイを書いたんだそうです」

「…………」

「だから、その話はしたくないと言ってました」

「そうですか」

京介は首をひねった。

「その編集者の名はわかりますか」

「ええ。彼の通夜のときに挨拶していました」

糸田は再び立ち上がって机に向かった。

名刺を持って戻ってきた。

「この方です」

蒲原義彦《かんばらよしひこ》と書かれた名刺を受け取り、京介は自分のスマートフォンに名前と電話番号を登録した。

礼を言い、京介は糸田の事務所を出た。

すぐにその編集者と連絡をとった。


三十分後、京介は神田にある『旅と芸術』社を訪れ、編集長の蒲原義彦と対面した。

「諸岡恭平さんのことで何を？」

蒲原義彦は四十歳ぐらいの人の好さそうな男だった。

「五年前に、諸岡さんが書いた『キリシタン灯籠』というエッセイについてお話を」

京介は切り出した。

「『キリシタン灯籠』のことを書こうとしたのは諸岡さんの考えですか。それとも、編集部の意向で？」

「もちろん、諸岡さんの考えですよ。あの号ではキリシタン特集をしました。その一環として諸岡さんにお願いしたのです。それで、キリシタン灯籠について書くということになったのです」

「あの中で、京丹後市久美浜町にある豪商稲葉本家の庭にある織部灯籠について触れてありますね」

「ええ」

「あれは諸岡さんが知っていたのですか。それとも、蒲原さんのほうから提示されたのでしょうか」

「諸岡さんですよ」

蒲原はあっさり言う。

「諸岡さんはどうして稲葉本家の織部灯籠を知っていたのでしょうか」

「以前にも行ったことがあったんじゃないですか」

「それはいつごろか聞いていませんか」

「ええ、聞いていません」

「そうですか」

「このことが何か」

蒲原は不思議そうにきいた。

「いえ、念のために確かめておこうと思いまして」

糸田から聞いた久美浜行きのダミーの件ははっきりしない。

京介は曖昧に答えて、

「ところで、エッセイが掲載された雑誌が発売された後なのですが、五年前の四月十九日に諸岡さんがどこにいたかなんてわかりませんよね」

念のためにきいた。

「四月十九日ですか」

蒲原はこめかみに人差し指を当てていたが、

「ちょっと待ってください」

と言って、立ち上がった。

机の前に座り、パソコンを開いていた。

五分ほどで戻ってきた。

「四月十九日はわかりませんが、前日の十八日に諸岡さんと打ち合わせで、夜に銀座で会っています」

「どうしてわかったのですか」

「ツイッターです。日記代わりに書いています。諸岡さんのことはM・Kと表記していますが」

「その夜は遅かったのですか」

「いえ。食事のあと、クラブにちょっと顔を出しただけです」

「いつもそうなのですか」

「いえ、いつもは午前さまになりますが、諸岡さんが明日早くに出かける用事があると言うので」

京介は手応えを覚えた。

「どこに行くのかはききましたか」

「亡くなった母親の墓参りだったんじゃないかな」

蒲原は思いだしたように言った。

「命日だったのですか」

「いや、そうではないようです。ただ、最近は忙しくて木更津まで行けなかったので、思い立ったときにお墓参りをしてくると」

「木更津なら、そんなに早起きして行く必要もないと思いますけど」

京介は疑問を口にした。

「せっかく行くから、遠い親戚のところにも顔を出したいと言っていました」

「ほんとうに木更津に行ったのでしょうか」

「そういえば……」

京介は蒲原の顔を見た。

「行っていなかったんですね」

「いや」

蒲原は困惑ぎみに、

「十九日の早朝、総武本線が架線事故で電車が二時間近く不通になったんです。後日、諸岡さんに会ったとき、十九日はたいへんだったでしょうときいたら、諸岡さんはぽかんとしていました」

「架線事故で電車が止まったことを知らなかったのですね」

「ええ。でも、車で行ったのかもと考えたのですが」

「諸岡さん、車を持っていたのですか」

「いえ。いつもレンタカーです」

わざわざレンタカーを借りて行くだろうか。

木更津に行ったのではない、と京介は思った。

「諸岡さんは、二年前にテレビのコメンテーターになってから人気が出て、この五月に枝川紀代彦の絵の批評で、絵から作者の内面を読み取ったというので視聴者からも称賛を浴びたのでしたね」

「ええ、まさに脂が乗ってきたところだったのに残念です」

蒲原は悔しそうに言う。

「諸岡さんは枝川紀代彦が自殺したことを知っていたということは考えられませんか」

「知っていたとは思えませんが」

「諸岡さんは京丹後市久美浜町に行ったことがあるようですね」

「ええ、そうでしょうね」

「枝川紀代彦は久美浜町に住んでいたのです」

「……」

「諸岡さんはほんとうに枝川紀代彦のことを知らなかったのでしょうか」

「枝川紀代彦は地元では有名人だったのですか」

「いえ、知られていなかったでしょうね」

　京介は首を横に振った。

「じゃあ、知らなかったんじゃないですか。絵のほうにはあまり関心はないようでしたから」

　蒲原は目を細めて言う。

「じつは、犯人とされている河合しずかさんは、諸岡さんは枝川紀代彦が自殺したことを知っていたと告白したと言うのです」

「諸岡さんがそう言ったと？」

「ええ。一年前に諸岡さんはファンという女性から枝川紀代彦の絵をもらったそうです。そのとき、自殺していると聞いたそうです。でも、テレビでは知らないと口にしたので、今さら引っ込みがつかなくなった。枝川紀代彦の絵も風呂敷に包んで隠してあると」

「信じられません」

蒲原は目を見開き、

「知っていても、隠す必要はないと思いますが。少なくとも私には……」

と、戸惑いぎみに言う。

「諸岡さんから河合しずかさんの名を聞いたことはありませんか」

京介は質問を変えた。

「ありません」

「諸岡さんが河合しずかさんと付き合っていたと思いますか」

「いえ。今が一番大事なときだから女には気をつけていると言っていたんです。だから、人妻と親しくなるなんて考えられません」

蒲原はきっぱりと言う。

「河合しずかさんも不倫を否定しています」

京介は言ってから、

「どういうつもりで、諸岡さんは彼女を自分の部屋に招いたのでしょうか。河合しずかさんは五十万円を返してもらうためだったと言うのですが」

と、絵の売買の経緯を語った。

「五十万円は彼にしたらたいした額ではありませんよ。その話は信じられませんね」

蒲原ははっきり言い、

「ともかく、残念です。名も売れてきたので、うちの雑誌に書いてもらったエッセイを本にして出そうとしていたのです」

と、悔しそうに言った。

京介は礼を言って立ち上がった。

2

夕方、京介は本所中央署に出向き、しずかと接見した。

顔色が悪いのは陽を浴びていないせいもあるだろうが、頬の肉が落ちたようだ。

「食事はちゃんと摂《と》っていますか」

京介は心配した。

「ええ」

しずかは小さく答える。

窶《やつ》れは見られるが、澄んだ目の輝きは失っていない。まるで、すべてを受け入れようとしているようだ。

やはり、諸岡恭平を刺したという事実だけで、自分を裁こうとしている。ただ、不倫をしたという汚名は消したい。それだけのようだ。

こうなったら、しずかの内面まで踏みこんでいかざるを得ないと思った。

「お話ししていませんでしたが、じつは土日で、宮津に行ってきたのです」

京介は口にした。

「…………」

「あなたのご両親にお会いして、いろいろお話を伺ってきました」

「どうして？」

しずかは咎めるような目つきをした。

それには答えず、京介は切り出す。

「あなたは評判の美少女で、芸能事務所からの誘いも多かったそうですね」

「昔のことです」

「中学を卒業したら東京の高校に通いながら将来は……」

「そんな話をしても意味がないと思いますけど」

しずかは強い口調で遮った。

「失礼しました。ただ、結局東京には出ずに地元の高校に通うようになりました。どうしてかと思いまして」

「芸能の仕事に向いていないとわかったんです。ただ、それだけです」

「そうですか。あなたは子どものころに安野光雅の絵本が好きだったそうですね。何冊も持っていたそうではありませんか」

「ええ」

「最初に見たのは何でしたか」

「『ふしぎなえ』だったと思います。階段を上っているのに気がついたら下にいて、また上っていく。想像の世界に自分を誘ってくれて」

「そうですね。私も絵の中に溶け込み、空想の世界に入り込む心地よさを味わったことを覚えています」

京介も子どものころを思いだして言う。

「その絵本が何か？」

しずかは不審げな顔をした。

「枝川紀代彦も安野光雅が好きだったんですよね。あなたの実家を訪ねたあと、枝川紀代彦の実家にも行ってみました」

「…………」

しずかは啞然《あぜん》として、

「どうして枝川紀代彦の実家に？」

と、きいた。

「あなたと枝川紀代彦の関係を探るためです」

「関係ないと言いましたが」

再び強い口調で、しずかは言い返した。

「会ったことはあるのではありませんか」

「ありません。私が住んでいたのは宮津市です。枝川紀代彦さんは京丹後市です」

しずかは怒ったように言う。

「京丹後市網野町磯に、あなたのお母さまの実家がありますね。そこは静御前の生誕の地でした」

京介はしずかの目を見て、

「網野町の隣が枝川紀代彦さんの実家がある久美浜町です。お宅の応接間に飾ってある白拍子の絵は、静神社の前で舞う静御前です。枝川紀代彦は静神社に行っています」

「だからといって、私と枝川紀代彦さんが知り合いだとは言えません」

「もちろんです。あの白拍子の絵は、安野光雅の島原太夫の絵に触発されたのでしょうね。枝川紀代彦は安野光雅を師と仰いでいたそうですから」

京介は間を置き、

「ふたりとも安野光雅の絵本が好きだったという共通点があります」

と、指摘する。

「安野光雅の絵本を見ている子どもたちはたくさんいたはずです。先生だって、そうでしょう」

「おっしゃるとおりです」

京介は素直に頷いてから、

「あなたは持っていた絵本を処分されたことはありませんか」

「あれは寄付したのです」

しずかは眉根を寄せて言う。

「どこですか」

「図書館か児童館か……忘れました」

しずかは俯いた。

「ただ、『ふしぎなえ』一冊だけ、家に残っていたとはるかさんがおっしゃっていました」

「それだけは取っておきたかったのでしょう」

しずかは他人事のように言う。

「こういう考え方も出来ませんか」

京介は続ける。

「譲る相手は、すでに『ふしぎなえ』を持っていたと」

　しずかの顔色が微かに変わった。

「養母の話では、枝川紀代彦は中学生になったころ、安野光雅の絵本をたくさん持っていたということです」

「…………」

「枝川紀代彦は五歳のときに両親が離婚し、子どものいなかった叔父夫婦に引き取られているのです。引き取られたとき、紀代彦は『ふしぎなえ』を大事に持っていたそうです」

「…………」

「あなたは安野光雅の『ふしぎなえ』以外の絵本をどこかに譲った。枝川紀代彦は『ふしぎなえ』以外の絵本を誰かからもらった」

　京介はしずかの顔をじっと見つめ、

「あなたではないのですか」

　と、迫った。

「いえ」

　しずかは否定した。

　京介は気づかれぬように溜め息をついた。なぜ、彼女は枝川紀代彦との関係を認めようとしないのか。

　思い切って、京介は口にした。

「ほんとうは、あなたは枝川紀代彦さんと面識があるのではありませんか」

「いえ」

　しずかはまた否定し、

「鶴見先生、私は諸岡さんが持っているという枝川紀代彦の絵を五十万円で買ったのに、絵が渡されなかったことでトラブルになったのです。どうか、私の希望どおりの弁護をしてくださいませんか」

「もちろん、あなたの訴えに添った弁護をします。ただ、そのためにも確かめておきたいことがあるのです。そうでないと、裁判で不利な状況になります」

　京介は諭すように、

「諸岡恭平さんは枝川紀代彦の絵をファンからもらったということでしたね。でも、実際には絵は持っていなかった。だから、それは嘘だったのですね」

「嘘かどうかわかりませんが、諸岡さんは私にそう言ったのです」

「諸岡さんがあなたにそう言ったということを証明するものが何かありますか」

「いえ」

「あなたは諸岡さんに五十万円を支払ったと言いましたが、それを証明するものは？

諸岡さんが書いた領収書があるとか」

「ありません」

「諸岡恭平さんはテレビに出てから人気も出ていたようです。五十万円をごまかすかどうか」

「わかっています。誰も信じてくれないと。だから、最初は黙っていたのです」

しずかは開き直ったように言う。

「あなたは絵のことはどう思っていますか」

「絵はなかったのですから、嘘だったかもしれません」

「ありもしない絵を持ちだして、あなたから五十万円を引き出すつもりだったのでしょうか」

京介はなるたけ穏やかな物言いを心がけながら問いかける。その返答から、彼女が何を隠しているのかを探ろうとした。

「さあ、ほんとうの狙いがどこにあったのかわかりません。でも前にも申し上げたとおり、枝川紀代彦が自殺したことを知っていたのではないかという私の問いかけに、諸岡さんはあわてていました。その後に、じつは枝川紀代彦の絵を持っていると言いだしたのです」

「すると、諸岡さんは枝川紀代彦が自殺したことを知っていた。だが、どうして知っていたかを悟られたくないので、ファンから枝川紀代彦の絵をもらったという作り話をしたということになりますね」

　京介はしずかに寄り添って解釈をする。

「そうかもしれません。それを真《ま》に受けて、私がその絵を譲ってくれと頼んだことから、諸岡さんは困りながら絵を売る約束をしてしまったのかもしれません」

「諸岡さんが枝川紀代彦の自殺を知っていたというのはほんとうでしょうか」

「ほんとうです。認めましたから」

「ファンからの情報も嘘ということならば、どうして知っていたのでしょうか」

「わかりません」

　しずかは首を振る。

「あなたは、諸岡さんが枝川紀代彦の自殺を知っていたと思ったのはワイドショーを見ていてでしたね」

「そうです。だから、美術館で偶然会ったとき、声をかけて、枝川紀代彦の絵の暗さを指摘した理由についてきいたのです。しつこくきいたら、ようやく知っていたと認めたのです」

「なぜ、諸岡さんはあなたの追及にしらを切り通さなかったのでしょう。最初は知らないと言い張っていたのですよね。だったら、知らなかったと押し通せばよかったはずですが」

「わかりません」

「あなたの追及が鋭かったからでしょうか」

「そんなことありません」

「諸岡恭平さんは五年前の一月に久美浜町に行っているようです。豪商稲葉本家の庭にある織部灯籠というものを見に行き、それでエッセイも書いています。だからといって、枝川紀代彦と出会っているというわけではありませんが、なぜか気になるのです」

「………」

しずかはさりげなく京介から目を逸らした。

「その年の四月十九日に枝川紀代彦は死んでいます」

京介は身を乗り出して、

「あなたは枝川紀代彦は自殺したと思っていますか」

と、きいた。

「ええ。だって、警察も自殺だと認めたのではないんですか」

しずかは言い返す。

「現地の警察に行き、当時の様子を聞いてきました。自殺だという確たる証拠はないけれど、第三者が関わっているという証拠もなかったそうです。青酸カリを飲んでおり、事故ではありません。そういう状況で、自殺という結論に達したのです」

「………」

「私は自殺を疑わしいと思っているのです」

「まさか」

しずかは首を横に振る。

「そんなはずはありません」

「そんなはずないとは？」

「自殺でなければ殺されたということですね」

「ええ」

京介は頷く。

「考えられません」

「なぜですか」

「なぜって……」

しずかは困惑したように顔を歪めた。

「あなたは枝川紀代彦とは面識がないのですから、彼がどんな問題を抱えていたかも知らないはずですよね」

「………」

しずかは開きかけた口を閉じた。

「また、明日にしましょう」

京介は切り上げようとした。

「枝川紀代彦が殺されたとしたら犯人は誰なのですか」

しずかは京介を引き止めるようにきいた。

「あなたは知っているのでは？」

京介が言うと、しずかは顔色を失っていた。

3

虎ノ門の事務所に戻った。

執務机に落ち着いて、京介は調査員の洲本《すもと》功二《こうじ》の携帯に電話をかけた。

すぐに洲本が出た。

「鶴見です。また、お願いしたいことがあるのですが」

洲本は元警察官で、柏田四郎法律事務所の調査の仕事を依頼している。

「わかりました。これから事務所にお伺いしましょうか。今、新橋での用事が終わったところなのです」

「ちょうどよかった。では、お願いします」

京介は電話を切った。

三十分後に、洲本が汗を拭きながらやってきた。

応接セットで向かい合った。

事務員が冷たい麦茶を持ってきた。

「すみません」

洲本は愛想よく礼を言う。

営業マンのように人当たりがよく、洲本は元刑事とはとうてい思えなかった。

「事件について説明します。七月二十六日午後三時ごろ、墨田区江東橋六丁目『江東レジデンス葵』の四〇三号室の諸岡恭平宅で、恭平を包丁で刺して殺害した容疑で、河合しずかが事件三日後の七月二十九日早朝に逮捕されました」

京介は続けて、

「壁を打ち付ける振動や物が倒れる音に驚いた隣室の住人が管理人に連絡。その隣人と管理人が諸岡恭平の部屋に入って、茫然としている河合しずかを発見した。そばに包丁が突き刺さったまま、諸岡が仰向けに倒れていたということです」

洲本は黙って聞いている。

「被害者の諸岡恭平はフリーのジャーナリストで、二年前からテレビのワイドショーのコメンテーターとして活躍しています。諸岡は独身ですが、しずかには夫がいます。渋い二枚目の諸岡と美人のしずかとは似合いで、ふたりが不倫関係にあったと警察は見ています」

京介は自分自身でも事件を整理するように、洲本への説明を続けた。

「諸岡はコメンテーターとしてテレビ出演をするようになって、人気が出てきた。不倫が世間にバレたらたちまち好感度も下がる。それで、諸岡は別れ話を持ちだした。しかし、しずかは拒んだ。翻意を促すために、しずかは諸岡の部屋を訪れた。だが、諸岡は訴えを撥《は》ねつけた。逆上したしずかが台所から包丁を取り出して襲いかかった。これが警察の解釈です。しかし、しずかは」

京介はひと息ついて、

「諸岡が首を絞めて殺そうと襲ってきたので、抵抗するうちに気がついたときには包丁を摑んで刺していたと主張しています」

「なるほど」

「不倫関係にあったことが事実だとしても、諸岡が別れ話を持ちだしたという証拠はありません。しずかのほうが持ちだした可能性もあります」

「どちらが別れ話を持ちだしたかで、殺意がどっちにあったか、変わってきますね。しずかからだったのなら、諸岡恭平がしずかを殺そうとしたという主張も頷けます」

洲本が考えながら言う。

「ところが、河合しずかは不倫を否定しているのです」

「独り暮らしの男の部屋を訪ねているのですよね」

洲本は疑問を口にする。

「じつはふたりの関係に枝川紀代彦という画家が介在するのです」

京介はテレビのワイドショーでの一件を話し、

「河合しずかは都美術館で、偶然にテレビで見かけた諸岡恭平に出会い、声をかけたというのです。ワイドショーで、枝川紀代彦が自殺したことを知らなかったと言っていたが、ほんとうは知っていたのではないかときいたのです。最初は知らないと言い張っていたのですが、ついには知っていたと白状したと言っています」

ファンからもらったという枝川紀代彦の絵のことも説明して続けた。

「その絵を五十万円で売ってもらうことになってお金を支払ったが、諸岡は肝心の絵を持っていなかった。だから、お金を返してもらいに諸岡恭平の部屋を訪れたというのです。ただ、この絵については諸岡恭平が河合しずかに嘘をついた可能性もありますが……」

京介は言いよどんだ。

「彼女の作り話だと？」

洲本が鋭くきく。

「しずかは何かを隠しています。ただ、そのことを口にしない限り、諸岡恭平の部屋を訪れた理由に説明がつかない。そこで、彼女はそんな作り話をしたのではないかと」

「何を隠そうとしているのでしょうか」

洲本は首を傾げる。

「枝川紀代彦の死の真相ではないか。自殺とされていますが、ほんとうは殺しだったのではないかと」

京介は五年前の諸岡恭平の行動を話し、

「五年前の一月に、彼は京丹後市久美浜に行っています。そして、四月十九日の彼の行動が不明です。この日、枝川紀代彦は青酸カリを飲んだのです」

「………」

「諸岡恭平が殺したとお考えなんですね」

「証拠があるわけではありません。ただ、枝川紀代彦の自殺については疑問があります。遺書があるわけでもなく、青酸カリの入手経路もわからない。ただ、現場に争ったような跡がなかったことが不可解ですが」

京介は最後に、

「河合しずかは、諸岡恭平が枝川紀代彦の自殺を以前から知っていたという事実を公表されるのを防ごうと、口封じを図ったのだと主張していますが、それも説得力に欠けます」

「そうですね」

「問題は、枝川紀代彦の死に諸岡恭平がほんとうに関わっているのか。そうだとしたら、どうやって河合しずかがそのことを知ったのか」

しずかは何らかの形で枝川紀代彦が諸岡恭平に殺されたことを知り、そのことを確かめようとして、諸岡に近づいたのではないか。

「洲本さんに諸岡恭平のことを調べていただきたいのです」

京介は改めて、もう一度諸岡恭平の経歴を話した。

「諸岡恭平は東京都荒川区小台の生まれで、五歳のときに両親が離婚し、母親に引き取られ、母親の実家がある千葉県木更津に移っています。東京の大学を卒業後、広告代理店に就職。その後、三十歳のときにノンフィクション新人賞を受賞して、フリージャーナリストとなり、本格的にノンフィクション作家の道をめざしました。二年前の三十六歳のときテレビのワイドショーのコメンテーターになり、渋い顔だちが主婦層に受け、人気が出はじめ、そして今年の五月に枝川紀代彦の絵のコメントで、さらに評価を上げたのです。そんなときに、河合しずかが目の前に現われたのです」

「わかりました」

洲本は必要なことを手帳に控え、引き上げていった。

スマホに電話が入った。

「はい、鶴見ですが」

「吉沢はるかです」

「先日はありがとうございました」

はるかの大きな瞳を思いだして言う。

「こちらこそ、姉のために……」

「いえ、弁護人として当然のことなので」

はるかの用件が気になる。それが伝わったように、

「枝川さんから電話があったんです」

と、切り出した。

「枝川さん？　養母の？」

「そうです。私たちが訪問したあと、実の母親に確かめたそうです」

「紀代彦の母親ですか」

「ええ。紀代彦さんが亡くなったとき、伝《つて》をたどってその居場所を探し出し、紀代彦の死を伝えたと言ってましたね。でも、縁を切った子だからと言い、葬式にも顔を出さな

かったと」

　はるかは訴えるように言う。

「ええ、冷たい母親だと思いました」

　京介も不快な思いを蘇《よみがえ》らせた。

「今回私たちが訪ねたことで、紀代彦さんと別れるときに母親が安野光雅の絵本を買って与えたのではなかったかと思いだして、五年ぶりに母親に電話をしたそうです。紀代彦さんはあの絵本を大事に持っていたばかりか、作者の安野光雅を師と仰いで絵を描き続けていたのだと伝えたそうです。冷たい女の心は動かないかと思ったら、母親は意外な反応を見せたということでした」

「意外な反応？」

「今度、紀代彦さんのお墓参りに行きたいと言ったそうです。葬式にも顔を出さなかったのに、と養父母も驚いていました」

「そうですか。自分が与えた絵本を大事に持っていてくれたことが心に刺さったようですね」

　京介は思わず訊ねた。

「その母親は今どこに住んでいるのですか」

「東京だそうです」

「東京のどこでしょうか」

「聞いていません。きいてみましょうか」

はるかは一旦、電話を切った。

十分後に、再び電話があった。

「わかりました。江東区森下二丁目で、『丹後』という小料理屋をやっているそうです。名前は貞子《さだこ》だそうです」

「『丹後』ですか。生まれ故郷から取ったのでしょうか」

「そうらしいですね。行ってみるのですか」

「実の母親といっても五歳で別れているのですから、何も得られるものはないでしょうが……」

京介はすぐに枝川紀代彦の母親に連絡をとった。

夕方の五時過ぎに地下鉄の森下駅を出て、清澄《きよすみ》通りを両国方面に向かってコンビニの角を曲がった横道の並びに、『丹後』と書かれた看板が見えた。

暖簾《のれん》は出ていないが、戸は開いていた。

敷居をまたいだ。冷房が利いている。六人ほどのカウンター席に二卓ある小上がりというこぢんまりした店だ。奥の壁に、絵が掲げてあった。

京介はあっと声を上げそうになった。丹後半島の風景画だ。

「いらっしゃい」

女将らしい女がカウンターから声をかけた。五十半ばぐらいで、結い上げ髪に着物姿だった。

「先ほど、お電話をした弁護士の鶴見です」

京介は名乗った。

「ああ」

女将らしい女はカウンターから出てきた。

「貞子さんですね」

「そうです」

眉の辺りに翳を漂わせてうなずく。

「枝川紀代彦さんのことでちょっとお話を」

「どうぞ」

貞子はカウンターの椅子を勧めた。

ひとつ置いた椅子に腰を下ろし、

「紀代彦のことでは、何も語る資格はありませんが」

と、貞子は口にした。

「あの絵」

京介は壁の絵に目を向けた。

「安野光雅ですね」

「そうです」

「丹後半島の漁港ですか」

「私が生まれたところ」

貞子が言う。

「あなたが、紀代彦さんに安野光雅の絵本を与えたそうですね」

「ええ、『ふしぎなえ』よ」

貞子は頷く。

「紀代彦さんは、その絵本が気に入って大事に持っていたそうです。それだけでなく、安野光雅の絵を模倣して自分でも絵を描くようになっていた」

「あの子に絵の才能があるなんて知らなかったわ」

貞子は呟くように言う。

「実の親に捨てられた寂しさを安野光雅の絵本で慰められたのでしょうか。その絵本に母親の温もりを求めていたのかもしれませんね」

「いいえ、そうじゃないわ」

「そうじゃないとは？」

「絵本を通じて母親の温もりを感じていたというのは違うということ」

「なぜですか」

京介はきき返した。

「あの子は私には懐《なつ》いていなかった。生まれたときから母親だと思っていなかったでしょう。私も母親らしいことは何一つしてやらなかったから」

「どうしてですか」

「亭主は女好きの呑んだくれで、どうしようもない人間だったのよ。親の勧めで、いやいや結婚したんです。最初の一年はよかったけど、だんだん本性を現わしてきて。だからあんな男の子どもなんて欲しいとは思わなかった。でも、妊娠してしまって」

貞子は自嘲ぎみに、

「それも暴力的に。生まれた男の子も亭主に顔が似ていて……」

と、溜め息交じりに言う。

「紀代彦さんが五歳のときに離婚を？」

「ええ、子どもは亭主に渡して。それきり、子どものことなど思いだしたこともなかったわ。だから、弟夫婦に預けられたなんて知らなかった」

「じゃあ、紀代彦さんの養母から亡くなったという知らせを受けて、はじめてそのことを知ったのですか」

「ええ」

「紀代彦さんの養母から安野光雅の絵本を大事に持っていたと聞いて、あなたはお墓参りに行こうと言ったそうですね。そのことで母親らしい気持ちに……」

「そうじゃないわ」

　貞子は否定し、

「あの絵本を、別れる子どものために私が贈ったと思っているようだけど、違うの」

と、口にした。

「どういうことですか」

「あの絵本は私が子どものころに親に買ってもらって、ずっと持っていたものなの。それを、紀代彦が私の部屋から持ちだしたの」

「……」

「家を出ていくとき、その絵本を持っていこうとしたけど、紀代彦は抱えて離そうとしなかった。だから、取り上げることを諦めただけ」

「では、今回、お墓参りに行こうと思った理由《わけ》はなんだったのですか」

　京介は驚いてきいた。

「安野光雅に勝手に師事していると聞いたからよ。絵を模倣していたと聞いて、急に胸が締めつけられたの」

「………」

真意を窺うように、京介は貞子の顔を見つめた。

「私も安野光雅の絵が好きで、絵本を見ながら空想の世界に入り込んで遊んでいたのを覚えているわ。今も、絵を飾っている」

貞子は壁の絵を見て、

「紀代彦が安野光雅に憧れていたことを知ったとき、ふいに胸の底から突き上げてくるものがあったの。私の血が流れているんだと思った瞬間、涙があふれてきて。安野光雅を好きなひとはたくさんいるでしょうから、それだけで親子だと言えるわけはないけど、なぜだか自分の子なんだと思ったわけ」

「………」

「おかしいと思うでしょう。今まで一度も我が子だと思ったことはなかったのに」

「いや、わかるような気がします。紀代彦さんは紛れもなく、あなたのお子さんだと思います」

京介は思わず口にした。

「ええ」

貞子は目尻を拭い、

「自分は亭主を憎んでいたから紀代彦もいっしょに嫌っていただけなのよね。可哀そうなことをしたわ」

「紀代彦さんのお父さんはどうしているかご存じですか」

「亡くなったそうですね。紀代彦が死んだと知らせてきたときにそのことも聞きました。好き勝手なことをして死んでいったんですから、本望でしょう」

貞子は皮肉な感じに口元を歪めた。

「あなたは離婚してからすぐに東京に出たのですか」

「大阪のミナミに数年いて、それから東京に出たの。銀座、新宿で働き、今はここよ」

話の様子では、世話をしてくれる男がいるようだった。

「では、京丹後には帰っていないのですか」

「親が死んだときに帰ったわ。十年前よ」

「今度、紀代彦さんのお墓参りで十年ぶりに帰るのですね」

「そうね」

貞子はふと厳しい表情になって、

「なぜ、弁護士さんが紀代彦のことを調べているの？」

と、きいた。

「私の依頼人が、紀代彦さんの絵を三枚も買っているのです。それで、参考のために紀代彦さんのことを……」

曖昧に答えて、

「いろいろ参考になりました」

と礼を言い、椅子から下りた。

「それだけのことで、わざわざ私に会いに来ないでしょう。紀代彦が何か関わっているようね」

「いえ」

「紀代彦は自殺だったそうだけど、何があったのかしら」

「遺書もなく、理由はわかりません」

ほんとうは殺されたのかもしれないとは言えるはずはなかった。

京介はむっとするような外に出た。

4

翌日の朝八時に、京介は白金台にある河合正人邸を訪ねた。

「すみません。ご出勤前のお忙しい時間に」

京介は正人に詫びた。

「いえ。どうぞ」

「失礼します」

昨夜、電話で枝川紀代彦の絵を見たいと頼んでおいたのだ。

応接間の壁に掛かっている三枚の絵の前に立った。

「私は向こうの部屋にいますから何かあったら呼んでください」

正人は京介の背中に声をかけて出ていった。

実の母親から絵本をもらったので、紀代彦はその絵本を通して母親の面影を追っていたのではと、京介は昨日まで考えていた。枝川紀代彦の絵には母に対する熱い思いが隠されているのではないかと。しかし、実の母親の話は京介の考えを引っくり返した。

改めて絵を見た。三枚の絵に描かれている女性たちは母親への思いが投影されたものではない。

母親でなければ、ひとりの女性しかいない。河合しずかだ。

この三枚の絵に描かれた女性はしずかなのだ。やはり、枝川紀代彦はしずかに対して特別な思いを抱いていたのだ。

しずかが十五歳のとき、十二歳の枝川紀代彦に安野光雅の絵本を譲ったことは間違いないだろう。どういう縁で知り合ったかはわからないが、ふたりは親しい関係にあったのではないか。

紀代彦は美しい年上の女性に憧れ、いや恋い焦がれていたのかもしれない。だが、口には出せなかった。告白も出来ないまま、しずかは高校を卒業して東京に行ってしまった。

紀代彦の片思いで終わった。だが、しずかへの思いは消えることはなかったのだろう。どの絵にもしずかを髣髴《ほうふつ》させる女性が描かれていることからして、その恋情は生半可なものではなかったのではないか。

しずかも紀代彦の気持ちをわかっていただろう。だが、しずかは受け入れることが出来なかった。

紀代彦もしずかに思いが通じないことはわかっていた。それでも、しずかを忘れることの出来ない自分に苦しんでいたのではないか。

しずかは東京の大学を出て、東京で就職し、やがて結婚した。そのことを、紀代彦は知っていたか。

おそらく知らなかったかもしれない。二十四歳のとき、紀代彦は絵を京都の画廊『高雅堂』に持ち込んだ。『高雅堂』の社長は、安野光雅に似た画風に関心を示して三枚とも引き取ってくれた。

その絵が、たまたま『高雅堂』を訪れた美術評論家の前島淳の目に留まった。そして、枝川紀代彦の絵を新聞のエッセイで紹介したのだ。

このエッセイを河合しずかが読んだ。自分に思いを寄せていた、あの枝川紀代彦がとうとう画家としてデビューしようとしている。応援してやりたいと思い、夫の河合正人に頼んでいっしょに京都の画廊まで行ったのだ。

そして、三枚の絵を見て、どう思ったか。安野光雅ふうの絵に感銘を受けたか。描かれた静神社や籠神社などに懐かしさを覚えたか。

そうではないと、京介は思った。しずかは三枚の絵に描かれた女性がすべて自分だと気がついたのではないか。

だから、彼女は三枚とも購入したのだ。

そして、枝川紀代彦は絵が売れたことを『高雅堂』から知らされ、買った客が河合しずかだと知った。

河合しずかが自分が思いを寄せていた吉沢しずかだと気づいた枝川紀代彦はどうしただろうか。

しずかに連絡をとっただろうか。いや、紀代彦は積極的な男ではない。そこまでする勇気はなく、ただひたすら、しずかからの連絡を待っていたのではないか。

なぜ、連絡を待つのか。

あの絵はしずかへの愛の告白のつもりで描いたのかもしれない。いや、告白だったのだ。だから、しずかがあの絵を受け止めて、なんらかの反応を示してくれると期待した。

しかし、しずかからは何もなかった。そのことにショックを受けて……。

「ばかな」

京介は思わず声を発していた。

それでは枝川紀代彦は自殺したということになる。そんなはずはない。

背後でひとの気配がした。

「ずいぶん、熱心に絵をごらんになっていますが」

正人が声をかけてきた。

「この絵に何か秘密が？」

「作者の枝川紀代彦は自殺したとされていますね。それがほんとうかどうか。この絵から、何かがわからないかと思いまして」

京介は振り向いて答える。

「いかがですか」

「わかりません」

「枝川紀代彦は自殺ではない可能性があるのですか」

「いえ、そういうわけではないのです」

京介は話題を避けるように、

「しずかさんはこの絵について何か感想を言っていましたか」

「いえ。ただ、黙って絵を見続けていたのを覚えています。丹後の絵で、郷愁に駆られたのでしょう」

いや、愛の告白を感じ取っていたのだ。

そろそろ河合が出勤する時間だというので、京介は急いで河合宅を出た。

虎ノ門の事務所には九時過ぎに着いた。

鍵を開けて、中に入る。十時からなので、まだ事務員は来ていない。ポットの電源を入れて湯を沸かす。

インスタントコーヒーを入れて、自分の机に持っていった。

今まで、河合しずかと枝川紀代彦が恋愛関係にあったかと思っていたが、ふたりが会っていたという形跡はなかった。

枝川紀代彦の片思いだったのだ。紀代彦の絵にはしずかに対する愛の告白が込められているとしたら、無視された絶望から自ら命を絶つという選択はあり得ると思ったが、よくよく考えたら、それも少しおかしい。

あの絵は『高雅堂』に売り込みに行っているのだ。しずかに渡したわけではない。

仮にしずかへの愛の告白だったとしても、紀代彦はその答えを求めようとしたのではないだろう。しずかの反応が何もなくてもショックから自殺するなど考えられないのだ。

京介はコーヒーをすする。砂糖を入れ忘れていて苦い。だが、そのまま口に含む。

美術評論家の前島淳は枝川紀代彦の絵には、大空に飛翔するような力強さがあると評した。それはまた、何かから抜け出たい、逃れたいという強い意思のように思えると。

何から逃れたかったのか。安野光雅にとらわれた心の呪縛からとも考えたが、ひょっとしてしずかからの解放ということもあり得る。しずかへの愛の告白ではなく、しずかとの決別の思いが絵に込められていたのではないか。

やはり、枝川紀代彦は自殺ではない。自殺する理由などどこにもないのだ。

諸岡恭平は今年の五月のワイドショーで、枝川紀代彦の絵から作者の心の闇を指摘した。そして、枝川紀代彦が自殺していたことがわかり、諸岡の鋭い眼力に称賛が集まった。

しかし、しずかは違った。あの絵から心の闇など見出せなかったからだ。しずかが受け取ったのは愛の告白だ。そこに心の闇など存在しない。

だが、諸岡は心の闇と言った。そのことから、枝川紀代彦の自殺を知っていたのではないかという疑念を抱いた。

いや、しずかは枝川紀代彦の自殺を信じていなかったのだ。だから、枝川紀代彦が死んだことを、なぜ諸岡恭平が知っていたのか、そのことに関心を持った。

そして、それはしずかに大胆な行動を起こさせるほどのことだった……。

しずかが京橋の探偵事務所の看板を見ていたのは諸岡のことを調べようとしたのだろう。何を調査しようとしたのか。結局、調査を依頼しなかったが、探偵事務所に頼るまでもなく、しずかに調べられたからだ。

諸岡恭平はひとかどの著名人であり、ネットである程度のことは調べられる。しかし、しずかはネットで知り得る情報だけで満足しなかった。

おそらく諸岡恭平の著作物や雑誌掲載のエッセイなども調べたのではないか。五年前の四月に発売された『旅と芸術』のエッセイも探して読んだだろう。

そこにはキリシタン灯籠について書かれ、京丹後市久美浜町の豪商稲葉本家の庭にある織部灯籠に触れてあった。

久美浜町には枝川紀代彦が住んでいた。このエッセイを読んで、しずかは諸岡恭平と枝川紀代彦の接点を見つけたのだ。

諸岡が久美浜町を訪れたのは一月ごろ。そして、枝川紀代彦の死は三カ月後の四月十九日。

ただ、わからないのはなぜ、しずかが諸岡恭平と枝川紀代彦の関係にそこまで執着したのかだ。たまたま取材で訪れた土地に枝川紀代彦が住んでいたとして、なぜ両者がつながっていると考えたのか。

しずかは今年の六月十五日から十八日まで宮津市の実家に帰っている。五月に諸岡恭平に疑念を抱き、それから諸岡のことを調べ、そして六月十五日からの四日間、表向きは実家に帰ったのだが、そこでしずかは何かを調べたはずだ。

何を調べようとしたのか。

京介はスマートフォンを取り出し、はるかに電話を入れた。

「今、お仕事中ですか」

はるかは宮津市に本社のある建設会社に勤めている。

「ええ。でも、だいじょうぶです」

「枝川紀代彦さんの母親に会ってきました」

「何かわかりましたか」

「紀代彦さんが持っていた安野光雅の絵本は、実の母親が贈ったのではなく、紀代彦が母親の持ち物から持ちだしたということでした」

「あらまあ。最後に親らしい気持ちからかと思っていましたが」

はるかも落胆したようだ。

「ええ、違ってました」

「そうですか」

「ちょっとお伺いしたいのですが、今年の六月十五日から十八日まで、しずかさんは宮津に帰っていますね」

京介は本題に入った。

「ええ、それが？」

「何をしていたかわかりませんか」

「昼間は会社に行っていたので、姉が何をしていたかわかりません。毎日、出かけていましたけど……」

「どこに行っていたんでしょうか」

「そう言えば、図書館の話をしていました。図書館がきれいだったと」

「図書館ですか」

何か調べ物だろうか。諸岡恭平の本を探したかったわけではあるまい。まさか、久美浜町の豪商稲葉本家の織部灯籠を見に行くだけとも思えない。五年前に諸岡恭平がやってきたかどうか確かめようとしたのだろうか。

「今夜、帰ったら母にきいてみます」

「お願いします」

電話を切った。

午前中は民事の依頼人と会い、それから別の民事訴訟の答弁書の作成に追われ、午後三時過ぎに、京介は事務所を出た。

本所中央署の接見室で、しずかと会った。

「今年の六月十五日から十八日まで宮津に帰っておられましたね」

京介は口を開いた。

「はい」

「向こうで四日間、何をなさっていたのです？」

「天の橋立に行ったり、久しぶりにあの辺りを散策したのです」

「ひとりでですか」

「ええ。洒落《しやれ》た喫茶店に入ったりして気ままに」

「図書館に行かれたそうですね」

京介はしずかの反応を窺った。

「ええ」

間を置いて、彼女は答える。

「何か調べ物ですか」

「いえ、暇だったので」

「諸岡恭平の著書を借りに行かれたのかと思いました」

「どうして、そう思われるのですか」

しずかが憤然としてきく。

「五月にあなたはワイドショーを見て、諸岡氏が枝川紀代彦の死をすでに知っているのではないかと疑問を持ったのですね」

「………」

「その答えを見つけようとしたのではないかと」

「それなら、東京の図書館で用が足ります」

「確かにそうですね」

　宮津に着いて、ふいに諸岡恭平のことで気になることを思いだして図書館に行ったのだとして、図書館には本や雑誌以外にも利用できるものがある。新聞だ。宮津の図書館でなければならないとしたら、地方新聞だ。丹後地方に関わる何かの記事を探しに行ったのではないか。

　このことを口にしても、しずかははぐらかすだろう。

「宮津では他にどこかに行かれたのですか」

「特別なことは何もしていません」

「前にもお話ししましたが、諸岡恭平氏は五年前の一月に久美浜町に行っています。豪商稲葉本家の庭にある織部灯籠というものを見に行ったのです。あなたはこのことが書かれたエッセイを読んで、久美浜町まで確かめに行ったのではありませんか」

「違います。私が宮津に行ったのはあくまでも骨休めのためです」

しずかは強調する。

「宮津から帰り、しばらくした六月末に、上野の都美術館で諸岡氏に会ったということですね」

「そうです」

「そこで、枝川紀代彦が死んだことを知っていたのではないかときいたわけですね」

「ええ」

「諸岡氏が枝川紀代彦の死を誰かから聞いていたとして、それが何か大きな問題でもあるのでしょうか」

京介は問いかける。

「いえ、諸岡さんの名誉の問題です。死を知らないふりをして絵の感想を語ったのですから」

京介は身を乗り出し、

「私は枝川紀代彦さんの死に、諸岡氏が何らかの形で関わっているのではないかと思っているのです」

「そんなこと、あり得ません」

しずかは強い口調で否定する。

「あなたは、そのことを確かめるために諸岡氏に会いに行ったのではないのですか。彼の部屋に行ったのも、そのことを問うためだったのでは？」

　京介は失継ぎ早に訊ねた。

「枝川紀代彦さんの死に諸岡さんが関わっているなんて、どうして私が思いついたと言うのですか」

　しずかは反論した。

「…………」

　そのことはわからない。しかし、何かあるのだ。なぜ、しずかがわかったのか。

（図書館……）

　そうか、図書館で地方紙を調べたとすればそのことかもしれない。

「あなたは図書館で新聞を……」

「新聞を調べるなら東京でも出来ます。地方新聞社の支局も東京にはありますから」

「でも、あとであなたが何のためにそんなことをしたのかが注目されるような事態になることを避けるため……」

「先生」

　しずかが厳しい表情で京介を見つめた。

「なぜ、そんなことを気になさるのですか」

「ほんとうのことを知りたいからです」

「ほんとうのことって何ですか。それがわかったからといって何になるのでしょう」

「真実から解決策が導きだせます」

「無理です」

しずかは首を横に振った。

「無理かどうか話していただかなければわかりません」

「真実より大事なものがあるんです」

しずかはきっぱりと言う。

「先生、もうよけいな詮索はやめていただけますか」

しずかの顔つきが変わっていた。

「前にも言いましたが、私が、諸岡さんを包丁で刺したことは事実です。その罪から逃れることは出来ません」

「しかし、それをしなければ、あなたの生命に危険が……」

「確かに必死で逃れているとき、たまたま包丁に手が触れました。私は包丁を摑んだとき、殺意が芽生えたように思います」

「殺意とは？　ひょっとして、枝川紀代彦の仇《かたき》……」

しずかは悲しげな目を向けて、

「私、夫と離婚します」

と、ふいにまた口にした。

「ご主人は望んでいません」

京介は咄嗟《とっさ》に言い返した。

「義父は離婚させたがっているようですね。このままでは、夫が可哀そうです」

「早まった考えはいけません」

京介は諭すように、

「諦めてはだめです」

「どうしようもないのです」

「あなたは何を守ろうとしているのですか。自分を犠牲にしてまで守ろうとしているのは何なのですか」

と、迫った。

「何もありません。これが定めだったのだと思います」

ふと、京介は不安を持った。

「まさか、あなたは……」

あとの言葉が続かなかった。

5

翌日、本所中央署に出向いたとき、接見を少し待たされた。河合しずかがすべてを認め、自供をはじめたというのだ。

京介はさして驚きはしなかった。昨日のしずかの様子から、予期できた。

真実より大事なものとは何か。しずかは何を隠しているのか。

ようやく、接見が許された。

京介を裏切ったことを詫びるように、しずかは深々と頭を下げた。

「不倫を認めたそうですね」

京介は切り出した。

「はい」

「なぜ、ですか」

「もう偽ることに疲れたのです」

「ほんとうに不倫をしていたのですか」

「そうです」

「あなたは、夫を裏切る真似はしていないと言い切っていたではありませんか」

「ええ。でも、離婚してすっきりすれば、夫は私のことなどすぐ忘れるでしょう」

しずかは悟ったように言う。

「あなたは警察の言うように自供したそうですね。つまり、別れ話を持ちだされ、カッとなって包丁で刺したと」

「そうです」

「なぜ、あなたのほうから別れ話を持ちだしたと言わなかったのですか」

同じ嘘なら、そのほうが有利になるはずだ。相手が殺そうとして迫ってきたという、最初からの主張を通せる。

「そう言ったら、こちらが別れ話を持ちだしたのに、どうしてわざわざ被害者の部屋を訪れたのかと責められて」

「その日にはじめて別れ話を持ちだしたのだったら、被害者の部屋を訪れる説明はつくでしょう」

「別れ話をした日にすぐに殺意が芽生えるとは思えないと」

「そこも警察の主張に合わせたのですね」

「………」

「それでいいのですか」

「はい」

「そうですか」

京介は溜め息をついたが、すぐ気を取り直して、

「わかりました。これからは不倫関係になかったということを、裁判で立証してみせます」

別れ話のもつれによる殺人ということで起訴されるだろう。不倫関係にあったかどうか、それに絞って弁護を展開出来る。

裁判で不倫関係にあったことを証明するのは検察側の責任だ。実際にはふたりに男女の関係はなかったのだ。そこを衝いていけば、検察側の描いた筋書きを潰すことが出来る。

しかし、そうであっても、なぜしずかが諸岡恭平宅を訪れたのか、やはりその理由をはっきりさせたかった。

おそらく、枝川紀代彦の死について諸岡恭平の関与を確かめに行ったのだろうが、なぜ、しずかが諸岡恭平に疑惑を抱いたのかがわからない。

このことはしずかの望むところではないが、ひそかに調べるつもりだった。

夕方、河合正人が虎ノ門の事務所にやってきた。

応接セットで向かい合った河合は憔悴《しょうすい》した顔を向けた。

「きのう、しずかから離婚を迫られました」

「あなたのためだと思ったようです」

「私のため？」

河合は泣きそうな顔できく。

「あなたはいずれ社長を継ぐ方です。そのときに、奥さんが刑務所にいるとなったら世間からどう見られるか。そのことを気にしたのではないでしょうか」

「そんなこと、私は気にしないのに」

「でも、今の社長が……」

「父か」

河合は嘆息した。

「不倫を認める気になったのは、あなたに自分のことを諦めさせるためもあるでしょう。不倫をしていた女だと自分を悪く見せようとしているのです」

「不倫をしていたというのは嘘なんですね」

「ええ、嘘です」

京介はやりきれないように言う。

「それから不倫を認めたのにはもうひとつ大きな理由があったのです」

「何ですか、それは」

河合は困惑しているようだ。

「ある事実が明らかになることを恐れているのです」

京介は確信を持って言った。

「どんな事実なのですか」

河合は身を乗りだしてきく。

「枝川紀代彦に関係することだと思います」

「しずかは枝川紀代彦と恋愛……」

「いえ、そういう関係ではないでしょう。でも、ふたりはしずかさんが中学生のころからの知り合いだと思います」

「そんな昔ですか」

「今年の六月十五日から四日間、しずかさんは宮津に帰りましたね。その間、図書館に行っているんです」

「図書館ですか」

「たぶん、地方新聞を見に行ったのではないかと。過去の記事です。縮刷版です。新聞を調べたことを誰にも知られたくなかった。だから、宮津の図書館に」

「何のために……」

「しずかさんから昔の話を聞いていませんか」

「いえ、何も」

河合は首を振り、

「宮津にいた頃の話はほとんどしません」

と、表情を曇らせた。

「先生、これから、どうなるのでしょうか」

河合は縋るようにきいた。

「別れ話のもつれによる殺人ということで起訴されます。順当なら十一月か十二月ごろから裁判がはじまります」

「見通しは？」

「しずかさんは起訴状の内容を認めるでしょう。でも、私は否認します。しずかさんは実際に不倫はしていないのです。ですから、不倫をしていたという証拠はないのです。そこに勝機があります」

「先生、お願いです。しずかを助けてください。私はどんなことがあっても離婚はしません」

河合は悲壮な覚悟を見せた。

肩を落とし、悄然《しょうぜん》と引き上げていった河合正人を見送ったあと、京介は机に向かって、地方紙の件を考えた。

昔の事件の記事を探したのではないか。

しずかが枝川紀代彦と出会ったのは十五歳ごろだ。それは安野光雅の絵本を贈っていることから推察出来る。

そのとき、枝川紀代彦は十二歳。そして、諸岡恭平は二十歳だ。

すべての遠因が十八年前にあるのではないか。三人は丹後のどこかで出会っているのだ。そこで、新聞に載るような何かが起こった。

しずかはワイドショーで諸岡恭平を見て、十八年前を思いだした。そのことから、五年前の枝川紀代彦の死は自殺ではなく、諸岡恭平の仕業《しわざ》ではないかと思った。それを確かめるために、諸岡に近づいたのではないか。

諸岡恭平は枝川紀代彦を殺し、さらにしずかも殺そうとした。諸岡にはそうしなければならない事情があった……。

十八年前、何があったのか。京都の新聞に載っている事件だ。十八年前の縮刷版を調べればわかる。

ようやく、しずかの秘密へのとっかかりが見つかったような気がした。

スマートフォンが鳴った。画面に洲本の名が表示されている。

「はい、鶴見です」

「洲本です。今、木更津から帰って新橋に着いたところです。よろしければ、これからお伺いしたいのですが」

「お待ちしています」

洲本がやってきたのは二十分後だった。

応接セットで向かい合うと、さっそく洲本は口を開いた。

「諸岡恭平は高校まで木更津で過ごし、大学は東京で、そのころは大田区大森に住んでいました。学生時代からもてたそうで、同時に三人と付き合っていたそうです」

「その三人と連絡はとれますか」

京介はきいた。

「ええ、三人に会ってきました」

「えっ、会えたのですか」

「ええ。三人のうち、ひとりは結婚して子どもがいます。もうひとりは結婚しましたが、今は離婚して独り暮らしです。最後のひとりは独身です」

洲本は言い、

「話を聞くのは独身の武井《たけい》雅美《まさみ》がいいかもしれません。三人の中ではいちばん諸岡恭平について饒舌でしたから」

大学の同窓生の糸田雄次では知り得ないことも、付き合ってきた女性なら知っていることがあるかもしれない。

　その後、洲本は社会人になった諸岡恭平の女性関係についてわかったことを説明した。

「五年前に付き合っていた女性とは二年前にワイドショーのコメンテーターとして出演するようになってから別れたようです」

「その女性とはどの程度の付き合いだったんですか」

「同棲していたようです」

「同棲ですか」

　そうであれば、東京にいたかどうかもわかるだろう。その女性にも会ってみたいと思った。

「銀座のクラブのホステスだったそうです。会ってみますか」

「ぜひ」

　京介は頼んだ。

「それから、別れた父親のことですが、十五年前に首都高速でガードレールに激突して亡くなっていますが、どうやら酒を呑んでいたようです」

「酔っぱらって運転したのですか」

「そのようです。葬儀には、諸岡恭平と母親も出席したそうです」

　洲本は調べたことを報告した。

「わかりました。明日にでも、武井雅美さんと、諸岡が同棲していた女性に会ってみようと思います」

「連絡しておきます」

「それから、もうひとつお願いが」

「なんでしょうか」

「今年の六月十五日から四日間、河合しずかは宮津の実家に帰り、その際、図書館に行っているのです。地方紙の縮刷版が目当てだったのではないかと」

「地方紙ですか」

「これは想像ですが、十八年前、河合しずか、枝川紀代彦、諸岡恭平の三人は丹後のどこかで出会っているのではないかと。しかし、しずかはそのときの男の名が諸岡恭平ということは知らなかった。それで、当時の新聞記事から名を知ろうとしたのでは……」

なぜ、十八年前と考えたかも説明し、

「河合しずかが読んだであろう記事を探して欲しいのです」

と、京介は頼んだ。

「丹後地方だと京都新報ですね。国会図書館か京都新報の東京支社に行ってみましょう」

「お願いします」

京介は頭を下げたあとで、

「じつは河合しずかが警察の言うとおりに犯行を認めたのです」

「警察の言うとおりに？」

洲本は不思議そうにきいた。

「ええ、不倫の末に別れ話を持ちだされてカッとなって包丁で刺した」

「なぜ、今になって」

「図書館での調べ物の件に私が気がついたからだと思います。私が過去のことについて調べていることに何らかの危機感を抱いたのではないかと」

「秘密に辿《たど》りつかれることを恐れて」

洲本は厳しい顔になり、

「何を調べていたのかがわかれば、その秘密が見えてきそうですね。十八年前に丹後で何があったのか」

と、呟いた。

「ええ、私の勘が当たっていれば、十八年前です」

京介も逸《はや》る気持ちを抑えて言った。

翌日の夕方六時前に、京介は新宿西口にある喫茶店で、洲本といっしょに武井雅美を待った。

洲本は昼間、京都新報東京支社を訪れ、十八年前の縮刷版を十二カ月分調べてきたという。

三人の名が載っている記事は特に見つからなかったという。

約束の六時に、入口に現われた女性に洲本が立ち上がって合図をした。

髪の長い細身の女性で、さっそうとした足取りで近づいてきた。

「お呼び立てして申し訳ありません」

洲本が言い、武井雅美に京介を紹介した。

席に落ち着き、彼女が注文した飲み物が届いてから、京介は本題に入った。

「学生時代、あなたは諸岡恭平さんとお付き合いをしていたそうですね」

「ええ。でも、彼には他にも付き合っているひとがいましたけど」

雅美はあっさり答え、

「それを隠そうとしないんです。自分がもてることを自慢したかったんじゃないかしら」

と、口元を歪めた。

「お付き合いはいつから?」

「大学に入ってしばらくしてから」

「じゃあ、二十歳のときはお付き合いをされていたんですね」

京介は確かめる。

「ええ、していました」

雅美はコーヒーカップを口に運んだ。

「お付き合いしているとき、ふたりで旅行をされたことはありますか」

「ええ、何度か」

「京都には？」

「ええ、行きました」

「丹後のほうは？」

「丹後？」

「天の橋立だとか宮津だとか」

京介は彼女の顔色を窺う。

「いえ、行っていません」

「諸岡さんが丹後に行ったという話は聞いていませんか」

「いいえ」

「他の女性と行った可能性はありますか」

「いえ、ないんじゃないですか」

敵意に満ちた目をして言う。

「なぜ、そう思うのですか」

「他の人とは旅行をしたことがないはずです。旅行は私とだけ」

雅美ははっきり言う。

「なぜ、ですか」

「彼自身があまり旅行が好きではなかったんです。いつも私から誘って」

だからといって、諸岡がひとりで丹後に行った可能性を否定するものではない。

「二十歳ごろ、諸岡さんに何か変化はありませんでしたか。悩んでいたり、屈託がありそうだったり……」

雅美は目を細めた。

「ありました」

「あった？」

思わず、京介はきき返した。

「いつごろですか」

「大学二年の夏です」

「七月か八月か」

「八月です。八月十日が私の誕生日なので、レストランで食事をしたんです。でも、その日、彼は最初から暗い感じで、食欲もなく、何か他のことに気持ちが向いているようでした」

「心配ごとでもあったのでしょうか」

「そうだと思います。きいても何も言わなかったけど。その日の食事は台無しでした」

京介は洲本と顔を見合わせた。

洲本は目顔で頷いた。十八年前の八月十日近くで、諸岡恭平の身に何かあったのだ。

「諸岡さんが元気を取り戻したのはいつごろですか」

「少しずつよくなっていきましたけど、一カ月ぐらいはなんだかおかしかったようです」

雅美はそう答えてコーヒーカップに手を伸ばしたが、ふと厳しい顔になって、

「彼、そのころに何かあったのですか」

と、逆にきいた。

「私もそれが知りたいのです」

「ということは何かあったんですね。何かあったと思うから調べているんですよね」

「ええ」

京介はその質問から逃れるように、

「あなたはいつまで諸岡さんとお付き合いを？」

と、きいた。

「大学を出てから二、三年かしら」

雅美はコーヒーカップを摑んだ。

「すると、諸岡さんの別れた父親が事故死したのをご存じでしたか」

「ええ、そのときもかなり落ち込んでいました」

「父親の話を聞いたことはありますか」

「亡くなったあとに一度だけ。学問一筋の偏屈なひとだと言ってました。奥さんの無知を嘲笑《あざわら》い、貶《さげす》んでいたそうですね」

「そうなんですか。じゃあ、それが両親が離婚した理由なんでしょうか」

「彼はそんなことを言ってました。研究者としてどうかはわからないけど、夫としては失格だとも」

彼女は諸岡とのことをよく覚えていた。ほんとうに好きだったのかもしれない。

「諸岡さんが殺されたことを聞いて、どう思いましたか」

「それはショックでした。いくら別れた男だとしても。せっかく、名が売れてきたところなのに」

「諸岡さんは人妻と付き合っていたとされていますが？」

「よほど綺麗なひとなんでしょうね。彼が人妻と親しくなるなんて信じられません」

「相手が綺麗ならあり得ると？」

「そうでしょうね」

雅美は腕時計に目をやり、

「そろそろいいでしょうか。友だちと待ち合わせているので」

と、遠慮がちに言った。

「ええ、参考になりました。ありがとうございました」

京介も立ち上がって礼を言う。

「私たちはもう少しここにいますので」

洲本はそう言い、出入口まで雅美を見送って戻ってきた。

向かいに座り、

「大きな手掛かりが得られましたね」

と、洲本が口にした。

「ええ、十八年前の八月十日ですね」

京介も応じる。

「明日、もう一度、その日付の前後の記事を調べてみます。三人の誰かひとりでも名が出ていたのを見過ごしていたようです」

洲本は反省するように言う。

「旧姓の吉沢しずか、枝川紀代彦はまだ十代ですから名前が伏せられているかもしれませんが、諸岡恭平は二十歳ですから」

後の殺しに発展しているのだから、何かの事件に巻き込まれている可能性が高い。

「あとのふたりの女性にも話を聞いてみますか。なんなら、電話で十八年前の八月十日ごろの諸岡恭平の様子をきいてみましょうか」

「そうですね、お願いできますか」

「今、きいてみます」

洲本は立ち上がり、店を出ていった。

京介はカップの底に残っていた冷えたコーヒーを喉に流した。

二十分後、洲本が戻ってきた。

「ふたりとも、はっきりとした年月は覚えていませんでしたが、諸岡恭平が元気のなかったことを覚えていました。いつもは明るい男なのに、きいても何でもないというだけで、教えてくれなかったそうです」

「やはり、何かあったことは間違いないようですね」

京介は手応えを感じた。

「それから、武井雅美さんは諸岡が他の女性とは旅行をしなかったと言っていましたが、ふたりとも何度か旅行に行ったそうです。皆、旅行は自分とだけだと思っていたようです」

「かなり、もてもての学生時代だったようですね」

京介は司法試験の勉強に明け暮れていた自分の学生時代と比べていた。

「どうでしょうかね」

洲本は首を傾げ、

「電話で話したふたりが言うには、武井雅美は他に付き合っている男がいたはずだと言ってました。まあ、当時の恋敵の言うことですからどこまで信用していいか」

と、苦笑した。

「そろそろ行きましょうか」

京介が伝票を摑むと、洲本が口を開いた。

「この近くに、私の行きつけの焼鳥屋があるんです。ちょっと寄っていきませんか」

「いいですね、行きましょう」

京介はすぐに応じた。

ようやく、河合しずかの秘密の扉が開きそうだという手応えが余裕をもたらしていた。

第四章　真実の選択

1

翌日の午後、マンション立退きに関する訴訟の依頼人との打ち合わせが終わった直後、洲本から電話が入った。

「昨夜はごちそうさまでした」

洲本は焼鳥屋の件で礼を言ったあと、

「今、京都新報東京支社の資料室にいるのですが、どうも引っ掛からないんです」

「引っ掛からない？　諸岡恭平の名前も出ていないのですね」

「そうなんです。十八年前の七月分を調べているのですが、主立《おもだ》った事件を拾ってみると、宮津市で、自宅に放火して夫を殺害したとして四十代の女が逮捕されたというもの、与謝野町で金銭トラブルから知人男性を殺害した男など。ほとんど犯人は捕まっています」

「未解決の事件はありますか」

「国道でのひき逃げは犯人は見つかっていませんが、京丹後市丹後町の大成《おおなる》古墳群でフリーのカメラマンが死体で発見されています。後頭部を岩にぶつけて死んでいます。警察は殺人事件として捜査をしています。しいて言えばこの事件です」

「大成古墳群ですか」

「丹後半島には古墳が多いようですね」

洲本は言ってから、

「この事件が起きたのは七月二十五日です。しかし、三人が関わっているような記載はありません」

と、付け加えた。

「そうですか」

「もう少し、他の記事を調べてみます」

そう言い、洲本は電話を切った。

京介はパソコンで大成古墳群を調べた。

地図で見ると、先日訪れた久美浜町から国道一七八号線を日本海沿いに、丹後半島突端の経ケ岬《きようがみさき》に向かう途中にあった。

大成古墳群は十八基の横穴式石室墳からなる古墳であるが、ここは日本海を一望出来る絶景スポットだという。

雑誌社のカメラマンが訪れるのも頷ける。

枝川紀代彦はスケッチブックを持って自転車で遠出をしていたという。ここまで来たことがあるのではないか。

ちなみに静神社のある網野町磯は久美浜寄りの日本海に面している。しずかもここには来たことがあるのではないか。

あくまで推測に過ぎないが、しずかと枝川紀代彦はここで出会った可能性がある。問題は諸岡恭平だ。

二十歳の学生ならひとり旅でここまでやって来たことも考えられるが、諸岡恭平はバックパッカーというタイプではない。

諸岡恭平がこの場にいるという想像が出来ない。やはり、ここでの事件は関係ないようだ。そう思ったが、何か引っ掛かるものがあった。何か。

もう一度、大成古墳群の説明に目を通す。すると、丹後王国という名前が目に飛びこんだ。

ふと思いだし、京介は和久傳ノ森の安野光雅館でもらったチラシを取り出した。

九月に行われる安野光雅展の予告といっしょに、古代丹波歴史研究所主催の第八回研究会開催のお知らせが載っている。

その研究会で三人の講師による講演がある。そのうちのひとり、古代史研究家の伴とし子氏の講演の演題が『隠された大丹波王国』である。

弥生時代中期から古墳時代中期にかけて丹後には一大王国が存在した。丹後にたくさんの古墳があることもその証左であろう。

はるかから籠神社の宮司海部氏に伝わる系図の話を聞いたが、そのネタ元は伴とし子氏の著書だった。氏に『古代丹後王国は、あった』という著作もある。

古代史の愛好家にとっては、古代に一大王国があったという丹後に惹きつけられるのではないか。ましてや、古代史研究家であれば……。

京介はすぐに洲本に電話を入れた。

「鶴見です。諸岡恭平の父親は古代史研究家ということですね」

京介はまず確認した。

「ええ、そうです。深《ふか》田《だ》恭《きょう》一郎《いちろう》といい、高校の社会科の教師をする傍ら古代史の研究をしていたようです」

洲本は答える。

「丹後には古代に丹後王国が存在したそうです。丹後にはたくさんの古墳があるようです。父親の深田恭一郎は丹後王国を調べに行った可能性がありますね」

「大成古墳群に、深田恭一郎が訪れているかもしれないわけですね」

洲本は確かめるようにきく。

「そうです。殺されたカメラマンは何という名でしょうか」

「高久通《たかひさみち》男《お》です。京都市内在住の男性で、年齢は三十歳です」

「どんな手段でそこに行ったのでしょうか」

「現場近くに、乗用車が停まっていたということです。京都市内から車で来たようです」

「車ですか」

京介は状況を想像し、

「高久と深田恭一郎がいっしょだったという可能性もありますが……」

と、間をとって続けた。

「どうもそうではないような気がします」

「ふたりは偶然、そこで出会ったと？」

洲本がきいた。

「ええ。洲本さん」

京介は興奮して呼びかけ、

「殺人事件のその後の進展が気になります。事件の続報を探していただけませんか」

「わかりました。また、あとでお知らせします」

洲本は電話を切った。

大成古墳群で、深田恭一郎と高久通男が出会ったのではないかと思った。しかし、ここに河合しずかと枝川紀代彦がどう絡んでくるのか。

三十分後に洲本から連絡があった。

「深田恭一郎の名が見つかりました」

「いつですか」

「八月五日の朝刊です。深田恭一郎が高久通男を殺害した疑いで網野署に逮捕されました。深田恭一郎は犯行を否認しています」

八月十日の武井雅美の誕生日に、諸岡恭平が元気がなかったのは父親が殺人の疑いで逮捕されたからだ。

「で、九月二日の朝刊で、深田恭一郎は嫌疑不十分で不起訴処分になっています」

「そうですか。なるほど、そのころ諸岡恭平は元気がなかったという話と一致しますね」

「ただ、記事にはしずかと枝川紀代彦、諸岡恭平のことは出ていません」

洲本は残念そうに言った。

「河合しずかは逮捕された男の名を知りたかったのでしょうか」

京介は呟くように言う。

「それを知ってどうしようと？」

「おそらく、彼女は諸岡恭平と逮捕された男との関係を知ろうとしたのかもしれませんね。しかし、苗字《みようじ》が違った……。いや、諸岡恭平のことをまず調べているはずだ」

しずかは諸岡恭平が女手ひとつで育てられたことは何かで聞いて知っていた。そして、逮捕されたのが諸岡恭平の別れた父親だとわかったとしたら。

だが、それがどうして諸岡恭平の枝川紀代彦殺しにつながるのか。

「もう少し調べてみますか」

洲本がきいた。

「いや、もう結構です。お疲れさまでした」

京介は洲本に礼を言った。

電話を切ったあと、京介は改めて大成古墳群の事件に思いを馳せた。

新聞記事には枝川紀代彦としずかの名は登場しない。しかし、それはふたりがまだ十代だったからかもしれない。

枝川紀代彦がたまたま大成古墳群にいたわけは想像がつく。スケッチブックを持って自転車でやってきていたのではないか。

深田恭一郎は古代史研究家としてであり、高久通男はカメラマンであり絶景スポットの撮影ということで頷ける。では、しずかは……。

その場にしずかはいなかったのだろうか。

あっと、京介は声を上げそうになった。しずかは芸能事務所から誘われるほどの美少女だったのだ。

雑誌のモデルになったこともあった。高久通男はしずかを撮影するために、大成古墳群に行ったのではないか。

京介は思い立って、はるかに電話をした。

留守番電話にメッセージを残すと、三十分ほど経って折り返し、電話があった。

「すみません。打ち合わせ中で出られなかったもので」

「いえ、お仕事中に申し訳ありません」

京介は詫びてから、

「しずかさんのことで確かめたいことがあるのですが」

と、切り出した。

「中学生のころ、雑誌のモデルもやっていたのでしたね」

「ええ。いろんな雑誌や広報誌、ポスターなどに出ていました」

「十八年前の七月二十五日のことなんですが、この日、何かの撮影があったかどうか。ご両親にも確かめていただけませんか」

「その日、何かあったのですか」

はるかの声が緊張した。

「まだ、はっきりしたことではないんです。ただ、しずかさんがその日、何をしていたかを知りたいだけなんです。そしてもうひとつ、そのころ、しずかさんの様子に変わったことがなかったか」

「変わったこと？」

はるかは聞きとがめてきいた。

「元気がなかったとか。何かに思い悩むようだったとか」

少し間があってから、

「十八年前の七月二十五日ですね。姉は中学三年生ですね」

と、確かめた。

「そうですね」

枝川紀代彦は小学六年生だ。

「わかりました。今夜、父と母にきいてみます。父は姉のことでは熱心でしたから、何か覚えているかもしれません」

「お願いします」

電話を切ったが、なんとなく京介は落ち着かなかった。何かが引っかかっているのだ。そのことを考えていて、ふと思い至った。

諸岡恭平の父親、深田恭一郎のことだ。

深田恭一郎は高久殺しで逮捕されたが、嫌疑不十分で不起訴処分になった。果たして、それで何ごともなく、済んだのだろうか。

深田恭一郎は三年後、首都高で事故を起こして死んでいる。このとき、諸岡恭平はどんな様子だったのか。

夕方、京介は田町駅に近いビルの四階の税理士事務所に糸田を訪ねた。電話で訪問の約束をとりつけていた。

応接セットを挟んで糸田と向かい合った。

「諸岡恭平さんの父親は深田恭一郎さんというそうですね」

京介は切り出す。

「そうだったかもしれませんね」

糸田は首を傾げて言う。

「父親が殺人事件の犯人として京丹後市で警察に逮捕されたことをご存じですか」

「ええ、父親が亡くなったあと、諸岡から聞きました」

「じゃあ、実際に逮捕されていたときは知らなかったのですね」

「ええ。諸岡は何も言いませんでしたから」

「なぜ、亡くなったあとに逮捕されたことを口にしたのでしょう？　それまで言わなかったのなら、わざわざ言う必要もないと思うのですが」

京介は疑問を呈した。

「じつは、事故死ということになっていますが、諸岡は自殺だったと思っているんです」

「自殺？　どうして、そう思ったのでしょう？」

「死ぬ前の晩、父親に呼び出されて居酒屋で呑んだそうです。別れを言うためだったと、諸岡はあとになって気づいたそうです。ときどき、元気でなとか、母さんに俺が悪かったと言っておいてくれとか、そのようなことを口にしていたようです」

「父親には自殺するようなわけでもあったのでしょうか」

「私もそのことをきいたら、逮捕された話を初めてしたのです」

糸田は表情を曇らせ、

「逮捕されて結局不起訴処分になりましたが、父親の状況は一変してしまったそうです」

と、やりきれないように言う。

「不起訴処分になったものの、生徒の父兄は疑っていて担任を委《まか》せるのを嫌がり、当時父親が所属していた歴史学会からも除名され、執筆中だった古代史関係の本も出版が取り止めになったそうです」

「なぜでしょう。犯人ではないとわかったわけなのに」

「なぜって、真犯人は見つからなかったそうですね」

そうか、大成古墳群での高久通男殺人事件で真犯人は捕まらなかったのか。それで、周辺のひとたちは、証拠が不十分で起訴出来なかったが、やはり犯人は深田恭一郎だと思い込んでしまったのだ。

「父親はそれで絶望し、首都高を走っていてふいに死の誘惑が……」

糸田は途中で言葉を切り、

「誰も父親のことを信じてやろうとか、守ってやろうとかいうひとはいなかったようです。父親に人徳がなかったからと、諸岡は言って泣いていました」

「父親の遺書はなかったのですね」

「それはなかったようですけど、遺書のようなものが後になって見つかったそうです」

「遺書のようなもの？」

「ええ。父親の荷物を整理していたらノートが出てきたそうです。不起訴処分になった後に、事件の起こった日からの記憶を頼りに、事件の記録をまとめたもののようです」

「そんなものがあったのですか。あなたはそれをごらんになりましたか」

京介は身を乗りだしてきいた。

「いいえ、見ていません」

糸田は首を横に振った。

「そのノートを読んで、諸岡さんはどんな様子だったのですか」

「親父はばかだ、とだけ」

「親父はばかと？　どういうところを指していたのかわかりませんか」

「わかりません」

糸田は答えたあと、

「父親の死が何か諸岡の事件に関係があるのですか」

「そういうわけではないのですが」

その後、差し障りのない話をして、京介は挨拶をして立ち上がった。


その夜、はるかから電話があった。

「父は手帳に姉のスケジュールなどを書き入れていたのですが、十八年前のものはとうに捨ててしまっていました。でも、いろいろ記憶をたぐって、姉が中学三年の夏休みに入ったころ、雑誌の撮影の仕事があったことを思いだしたようです」

「どこの雑誌かなど覚えてはいなかったでしょうね」

「ええ。そこまでは……」

そこで、はるかの声が聞こえなくなった。

「もしもし」

京介は呼びかける。

「あっ、すみません」

はるかはあわてて、

「じつは、鶴見先生のおっしゃるように、そのころから姉は元気を失《な》くしていったんです」

「ほんとうですか」

「父と母によると、その後、姉は芸能界には行かないと言いだしたそうです。父は、そのころ、姉の心境に変化を来《きた》す何かがあったのだと思ったそうです」

はるかは不安そうに言う。

「そうですか」

「いったい、何があったのでしょうか」

はるかは強くきいた。

「今度の土曜日、大成古墳群まで行きたいと思っているのです」

「大成古墳群？」

「それから、久美浜交番の武藤警部補を訪ねたいと」

武藤に頼んで、大成古墳群の殺人事件を担当した刑事を紹介してもらおうと思った。

「やはり、そうですか」

はるかは溜め息をついた。

「やはりとは？」

「大成古墳群で、カメラマンが殺されるという事件が十八年前にあったそうですね。父が覚えていました」

「………」

「姉にそれとなくきいたそうですが、姉は何も答えなかったそうです。その事件は犯人が捕まったみたいですけど」

「犯人として捕まったのが、諸岡恭平氏の別れた父親・深田恭一郎さんです」

「………」

はるかは言葉を失っていた。

「深田恭一郎さんは嫌疑不十分で不起訴処分になったのですが、真犯人が捕まらなかったために、周囲から疑惑の目で見られていたそうです。結局職を辞し、古代史研究家としての活動の場も奪われ、事件から三年後に高速道路でガードレールに激突して亡くなりました。諸岡氏は事故ではなく自殺だったと考えていたようです」

はるかは息を吞んだようだった。

間があって、

「殺されたカメラマンは姉を撮影しようとしていたひとなのですね」

と言い、深く長い息を吐いた。

「スケジュールを調整してなるたけ早く、そちらにお伺いするつもりです」

「それに合わせて、私も有給をとります」

はるかは思い詰めたような声で言った。

2

三日後、河合しずかは殺人容疑で起訴され、身柄も本所中央署から東京拘置所に移された。

翌朝、京介は東京駅六時三十三分発の新幹線に乗り、京都駅前から高速バスで宮津に向かった。

久美浜交番の武藤警部補に連絡をとったところ、当時、網野署に所属していた武藤が事件を担当したということだった。

十七年前に久美浜署と網野署、そして峰山署が合併して京丹後中央署が誕生したが、事件はその前年に起きていた。

宮津に午前十一時に着いた。改札を出ると、はるかが迎えてくれた。

はるかの車の助手席に乗り込み、シートベルトをして、

「久美浜交番に行ってください」

と、はるかにたのんだ。

「担当した刑事さんに会うことが出来るのですか」

はるかは車を発進させてきく。

「それが先日お会いした武藤警部補が携わったそうなんです。武藤さんが待っていてくださるんです」

「そうですか」

「何か運命を感じます。枝川紀代彦の事件を担当した武藤さんが、十八年前の事件にも関わっていたなんて」

感慨深く言って、京介は続けた。

「想像でしかありませんが、十八年前の七月二十五日、しずかさんは高久通男氏の車に乗って、大成古墳群のほうに向かったのだと思います」

日本海側の風光明媚な場所で撮影ということだったのだろう。近くには、琴引浜《ことひきはま》の鳴き砂、砂方《すながた》の地磯、犬ケ岬《いぬがさき》などの景勝地もあり、各場所で撮影することになっていたのかもしれない。

久美浜交番に着くまで、はるかは口数が少なかった。しずかがどの程度、事件に関わっているか不安なのだろう。

久美浜交番に着き、会議室で武藤警部補と会った。

「先日はありがとうございました」

枝川紀代彦の自殺の件で話を聞かせてもらった礼を言った。

「さあ、どうぞ」

武藤は椅子を勧め、自分も腰を下ろした。

「十八年前の大成古墳群での殺人事件のことだそうですね」

武藤が先に言う。

「はい。その事件のことを教えていただきたくて」

「わかりました」

武藤は頷き、

「鶴見先生から電話をいただいたあと、私も当時の捜査資料などを引っ張り出して読み返してみました」

と、頭をさすった。

「武藤さんはこの事件の捜査に関わられたのですね」

京介は確かめる。

「そうです。現場にも行きました」

武藤は古いノートを手にし、

「これは私なりの事件日記でしてね、気づいたことや感想などをメモしたものです。結局、犯人は検挙出来ないままに終わってしまいましたから」

と、口惜《くや》しそうだ。

「事件について教えていただけますか」

京介は促した。

「七月二十五日の午後三時二十分に、大成古墳群でひとが倒れているという観光客からの電話が警察に入り事件が発覚したのです。現場に駆け付けると、最大の石室の規模の大成８号墳の前で、男が倒れていました」

そのときのことを思いだしたように、武藤は厳しい顔になった。

「三十前後で長髪、白のスラックスに薄いピンクのポロシャツ、靴も真っ白でした。後頭部が陥没していました」

武藤は続ける。

「ズボンの後ろポケットに財布が入っていて、男が高久通男だとわかりました。また、駐車場に高久通男の車がありました。カメラマンということで、写真撮影に来たものと思われました」

「ひとりだったか、連れがあったかは？」

京介はきいた。

「なにしろ、目撃者がなく、そのあたりのことはわかりません」

「警察に通報してきたひとは現場には？」

「周囲には誰もいませんでした。関わり合いになることを嫌って、通報だけして去って行ってしまったか、あるいは通報者自身が犯人だという可能性もありました」

「仕事先のひとは？」

「高久通男はフリーのカメラマンで、契約している京都市内の出版社では旅のパンフレットの撮影などを依頼していたようですが、事件のあったころはとくに依頼している仕事はなかったようです」

「仕事絡みではなかったということですか」

はるかが口をはさんだ。

「そうです」

武藤ははるかに顔を向け、

「おそらく、プライベートの行動だったろうということでした」

「そうですか」

はるかは京介を見た。

目顔で頷き、

「高久通男はどんな人間だったのですか」

と、武藤にきいた。

「奥さんと一歳の子どもがいました。真面目で仕事熱心な人間だったようです。ただ、裏の顔もあるという者もいました。裏と言っても、一部の人間が女好きだと……」

武藤は遠慮がちに言った。

すでに亡くなった人間なので憚《はばか》るところがあるのだろう。

「カメラは残っていたのですね。カメラに何が写っていたのでしょうか」

京介は質問を変えた。

もし、しずかといっしょならしずかが写っているはずだ。午後三時過ぎなら、それまでいろいろな場所で撮影してきた可能性が高い。

「カメラは駐車場の近くに落ちていました。フィルムは抜かれていました」

武藤は答える。

「抜かれていた？」

「ええ、カメラにフィルムは入っていなかったのです。おそらく、犯人はカメラを死体の傍から持ち出し、駐車場近くでフィルムを抜きとり、カメラ本体は捨てていったのでしょう」

「犯人の姿が写っているかもしれなかったのですね」

「そうです」

武藤は答え、

「いずれにしろ、現場から犯人を特定出来るような証拠は見つかりませんでした。カメラの指紋は拭き取ってありました」

と、付け加えた。

「それなのに、容疑者として深田恭一郎氏が浮かんだのはどうしてですか」

「犯人は車で来ていました。そこで、付近一帯の目撃情報を募ったところ、事件当日の午後三時過ぎに、国道一七八号線を走っていたタクシーの運転手が大成古墳群のほうから出てきた車を見ていました。車のナンバーは覚えていませんでしたが、「わ」ナンバー、つまりレンタカーだということでした」

「レンタカーですか」

「ええ、それでレンタカーの営業所を調べたところ、宮津駅前にあるレンタカーの営業所で車を借りている男が浮かび上がったのです。それが深田恭一郎でした」

京介は息を呑んで続きを待った。

「私は東京まで深田恭一郎に会いに行きました。深田は高校の教師で、古代史研究家ということで七月二十五日に大成古墳群に行ったことを認めました。しかし、行ったのは午後二時過ぎで、事件は知らないと主張しました」

武藤は間を置き、

「ところが、タクシーの運転手が「わ」ナンバーの車を見たのは午後三時過ぎです。他の観光客の可能性もあってレンタカーを借りた客をすべて調べましたが、誰も古墳群に行っていないのです」

「深田恭一郎は嘘をついていたのですか」

「そうです。午後三時ごろ、大成古墳群の駐車場には車が二台停まっていたのです。被害者の高久通男の車と深田恭一郎のレンタカーです。深田は任意の取調べでようやく認めました。しかし、深田は相手と言葉さえ交わしていないと犯行を否定しました」

武藤は息継ぎをし、

「深田は一貫して犯行を否認しました。現場で何があったのか。動機がわからず、逮捕に踏み切れずにいました。ふたりは以前から知り合いではないのかと調べましたが、その形跡はありません。現場で出会ったのです。そこで何があったのか。我々も考えました」

「何かわかったのですか」

「ええ。カメラです」

「カメラ?」

「カメラに、深田が撮られてまずい光景が写っていたのではないかと」

「それは何でしょうか」

京介は興味を惹かれた。

「立ちションですよ」

「立ちション？」

「ええ。可能性のひとつとして考えたのです。深田は小便が我慢できずに古墳の裏で用を足した。たまたま気づいた高久が写真に撮る」

「…………」

「写真を撮られたことに気づいた深田はフィルムを返せと迫る。高久は遺跡に小便を引っかけるのは不謹慎だと言い返し、この写真を雑誌に載せて問題提起をすると言い返す。深田は高校の教師です。それ以上に古代史研究家としての立場がある。遺跡の傍で小便したことが明らかにされるのは歴史学会員の立場からも拙《まず》い。どうしても、フィルムを取り返さねばならず、強硬な手段に出た……」

「…………」

「そのことを深田に問いつめましたが、違うと否定しました。しかし、警察は殺しの動機になり得ると判断し、証拠湮滅《いんめつ》の恐れもあり、また他に犯人が存在する可能性もないこと、さらに警察に掛かってきた通報の声も深田に似ていたことなどから、逮捕に踏み切ったのです」

武藤は顔をしかめ、

「しかし、深田は否認を続けました。立ちションの証拠もなく、無為に時間が過ぎ、ついに嫌疑不十分で不起訴処分になったのです」

と、続けた。

「武藤さんは取調べもなさったのですか」

「しました」

「武藤さんの印象はどうだったのですか」

「じつは私は取調べを重ねるうちに深田の犯行ではないような気がしていました」

「どのような点で？」

「まったくぶれない否認の言葉。それと、目の色です。ひとを殺した男の目ではないと思いました。ようするに勘です」

そう言ったあとで、武藤は付け加えた。

「ただ、何かを隠しているような違和感がありました。私は深田は犯人を見ているのではないかと思ったのです」

「つまり、犯人をかばっていると？」

京介は鋭くきいた。

「そうです」

「なぜ、深田は犯人をかばったのでしょうか」

「顔見知りだったか、あるいは犯人は弱い人間、たとえば女性だったり」

そのとき、うっとはるかが呻《うめ》いた。

姉しずかが犯人だと思ったのか。

「犯人が別にいたら、その犯人はどうやって大成古墳群に来たのでしょうか」

「考えられることは高久通男といっしょにやって来たということです」

「帰りは？」

「深田恭一郎が車に乗せてどこかまで送り届けた。そこまでするなら、深田は犯人をかばうのではないでしょうか」

そうだ、と京介も思った。

「その点について、深田は何と答えたのですか」

「そんなことしていませんとだけ」

武藤は答え、ノートを広げた。

「そのときの深田の印象を、嘘をついていると書いています」

「犯人も車でやって来た可能性はないでしょうか」

「ないと思います。深田が犯人でないなら、被害者といっしょにやって来たと考えるのが妥当でしょう」

「『わ』ナンバーの車を見たタクシーの運転手さんは、国道一七八号線で他に何かを見ていなかったでしょうか」

「何かとは？」

「たとえば、自転車に乗った少年」

「…………」

武藤の目が鋭く光った。

「鶴見先生、どうしてそのことを？」

「えっ？」

かえって、京介のほうが驚いた。

「じつはタクシーの運転手は『わ』ナンバーの車とすれ違ったあと、しばらく進んだ先で自転車に乗った中学生ぐらいの少年を追い越していっているんです」

「…………」

京介は言葉を失っていた。

想像がまさに現実のものになったような気がした。もちろん、その少年が枝川紀代彦だという証拠はない。

しかし、可能性はある。

枝川紀代彦の絵に隠れている翳の正体はまさにこのときのことではあるまいか、と京介は思った。深田恭一郎は枝川紀代彦をかばったのだ。

「鶴見先生、どうかなさいましたか」

武藤が訝しげにきいてきた。

「あっ、すみません」

あわてて言い、京介は武藤に向かい、

「私なりに事件の真相がわかったような気がします」

「どういうことですか」

武藤は驚いてきき返す。

「その前に、ちょっと大成古墳群に行ってみたいのです。私の考えをまとめる意味でも現場を見てみたいのです」

「わかりました。案内しましょう」

武藤は、

「前にも言いましたが、定年前でやることもありませんから」

と、微笑んだ。

はるかの車は置いて、三人は警察の車両で大成古墳群に向かった。

3

国道一七八号線から脇の道に入って丘陵を上っていくと、日本海に面した広い場所に出た。

駐車場に車を停めて遊歩道を古墳群に向かう。強い陽差しがもろに直撃する。

左手の眼下に砂浜が広がっている。海岸線のすぐそばの海中に大きな岩が見えた。

「立岩《たていわ》です」

武藤が説明する。

遊歩道の両側の広々とした場所に石を積み上げた古墳が幾つも見えた。

説明文によると、この古墳群をつくっている岩石は、左方向に見える立岩など周辺にある火山岩で、柱状節理をうまく利用しています……とあった。

岩を積んだ大小の古墳が十八基あるという。

「死体が見つかったのはあの石室です」

大きな大成8号墳に向かった。

斜面に岩石が積まれ、横穴式石室が出来ている。

「死体はこの入口辺りに頭を石室に向けて倒れていました」

武藤が説明する。

「傷は後頭部に一カ所。激しい勢いで岩石に打ち付けたようです」

「つまり、突き飛ばされて仰向けに倒れて後頭部を打ち付けたということですね」

「そうです」

「高久通男の体格は？」

「細身です」

京介はそこを離れ、

「ちょっと立岩がよく見えるところに」

と、さそった。

「こっちに海岸まで下りる道があります」

武藤が先に立つ。

その遊歩道は下に向かっていた。しかし、京介はその付近を歩き回る。そして、景色を眺めては、少しずつ移動した。

立ち止まっては大成8号墳のほうを見る。その様子を、武藤が不審そうに見ている。はるかも不安そうな顔をしていた。

次に京介は右側の海岸線を見る場所に向かった。同じように、大成8号墳のほうを振り返る。

十八年前の七月二十五日、ここで何があったか、京介はまざまざと思い浮かべることが出来た。

ここかさっきのどちらかで枝川紀代彦はスケッチをしていたのだと確信した。高久通男からは見えなかったのだ。

「何かわかったのですか」

武藤が近づいてきた。はるかもついてきた。

「わかったような気がします」

京介は続けた。

「タクシーの運転手さんが国道一七八号線で自転車に乗った中学生ぐらいの少年を追い越していったそうですね。その少年はここでスケッチをしていたのですよ」

「スケッチを？」

「ええ、絵を描くことが好きで、スケッチブックを持って自転車で遠くまで行っていたそうです」

武藤は厳しい顔で、

「誰なんですか」

いくぶん声が震えているのは想像がついたからだろう。

「枝川紀代彦です」

武藤は何か言いかけたが、言葉にならなかった。

「…………」

「枝川紀代彦はスケッチをしているとき、女性の悲鳴を聞いた。驚いて声のほうを見ると、大成8号墳の辺りで人影が見えた。紀代彦は駆け付けた」

京介は深呼吸をし、

「紀代彦が見たのは、男が女性に馬乗りになっている姿だったと思います。紀代彦は叫びながら男に突進した。男はびっくりして顔を向けた。女性を助けるために紀代彦は男を激しく突き飛ばした」

と、一気に喋《しゃべ》り、息を継ぐ。

「紀代彦は体が大きかったそうです。まだ十二歳でしたが、中学生ぐらいに見られても当然かもしれません。その紀代彦の体当たりで男は吹っ飛び、岩に頭を激しく打ち付けた……」

「紀代彦が助けた女性が吉沢しずかさんです。しずかさんは評判の美少女で、幾つもの芸能事務所から誘われていたそうです。また、雑誌のグラビアやポスターなどのモデルもしていたそうです。カメラマンの高久通男は以前にもしずかさんを撮影したことがあったのでしょう。その日、嘘の撮影話で、しずかさんを誘い出し、自分のものにしようと悪心を抱いたのでしょう」

「なんという卑劣な」

武藤が顔を歪め、

「出版社の編集者は高久通男は誠実な男だと言ってました。高久が事件に巻き込まれたことが想像出来ないと。でも、ほんとうは女好きだとも言っていた」

と、打ち明けた。

「男が死んだと知り、茫然としているところに深田恭一郎がやってきたのです。深田は倒れている男を見て、ふたりに問いかけた。ふたりは正直に話した。事情を知った深田は辺りに誰もいないことからふたりを逃がすことにし、まず紀代彦に先に引き上げるように言い、それから高久が持っていたカメラを持って駐車場まで行き、そこでフィルムを抜きとってカメラの指紋も拭き取った」

京介はさらに想像をひろげる。

「深田恭一郎は高久の車の助手席からしずかさんの持ち物を運び出し、しずかさんを乗せて、大成古墳群から去っていったのです。そして、しずかさんを宮津まで送り届けたあと、現場近くに戻り公衆電話で警察に通報したのです」

「うむ」

武藤は唸《うな》った。

「今の鶴見先生の話と照らし合わせると、当時の状況も腑に落ちます。深田恭一郎は枝川紀代彦やしずかさんをかばっていたのですね。逮捕されたあと、枝川紀代彦の名を出せば、身の潔白はすぐに晴れたのに」

「ええ。ふたりを守ろうとした気持ちは尊いと思いますが、深田恭一郎は大きな間違いをしました。すべて正直に警察に訴えるべきでした。正当防衛ですから、枝川紀代彦やしずかさんに罪はないのです。そうすれば、その後の不幸は起きなかったのです」

「そうです。深田恭一郎は教師ですよね。教育者でありながら、なぜ、そんなことをしたのでしょうか」

「思うに、深田恭一郎は枝川紀代彦に我が子が重なったのではないでしょうか。自分の身勝手さから離婚をし、我が子とも離ればなれになった。諸岡恭平はたびたび父親のところを訪ねていたそうです。寂しかったのでしょう。深田恭一郎も恭平の寂しさを理解出来ていたのではないでしょうか。我が子を助ける思いで、紀代彦を逃がしたのではないかと思うのです」

　京介は大きく溜め息をつき、

「しかし、もし事実を警察に話していたらどうなっていたでしょうか。十二歳の子どもがひとを殺したということだけに注目が集まってしまいかねない。常にひと殺しをした人間という好奇な目を向けられたまま、紀代彦はおとなになって行かねばならないのです」

枝川紀代彦としずかは警察に呼ばれて事情聴取を受け、マスコミにも知られることになりかねず……。そういうことを考えれば、隠そうとした深田の思いも理解出来なくはない。その後に起きることになる不幸など、想像出来るわけがない。

「その後の不幸というのは？」

武藤がきく。

「事件から三年後、深田恭一郎は高速道路でガードレールに激突して亡くなっています。事故死ですが、深田の別れた息子の諸岡恭平は、事故ではなく自殺だと思っていたようです」

「自殺？」

「不起訴処分になったものの真犯人が捕まらなかったことから、やはり深田恭一郎が犯人だったのではないかという疑いを晴らすことが出来なかったようです。深田は勤務していた高校も父兄からの苦情で辞めざるを得なくなり、また歴史学会員としても活動が出来なくなり、行き詰まっていたそうですから」

京介はやりきれないように言い、

「深田恭一郎はそんな状況に追い込まれても、枝川紀代彦としずかさんの名は出さなかったのです」

「そうですか。深田恭一郎は自殺……」

「明確な自殺ではなかったかもしれませんが、車を運転していてこのまま激突すれば死ねると思ったのかもしれません。ただ、諸岡恭平は自殺だとはっきり思っていたのは、父親が残した遺書のようなノートを見つけたからでしょう。そこに事件の真相が書かれていたような気がします。なぜなら、諸岡恭平は枝川紀代彦のことを知っていたからです」

京介はそこで一息つき、

「暑いですね」

と、額の汗を拭った。

「戻りましょう。続きは交番で」

武藤に従い、京介とはるかは駐車場に向かった。

冷房の利いた交番の会議室で、武藤が口を開いた。

「諸岡恭平は枝川紀代彦のことを知っていたのですか」

「そう考えれば、その後の動きに説明がつきます」

京介はそう前置きして、

「六年前、枝川紀代彦は三枚の絵を京都市内にある画廊に売り込みに行きました。画廊の社長はそれを買いとり、そのしばらく後にたまたまその画廊を訪れた美術評論家の前島淳がその絵に興味を示し、そのことを新聞のエッセイに書いたのです。このエッセイに反応を示したひとがふたりいました。吉沢こと河合しずかさんと諸岡恭平です」

はるかも横で黙って聞いている。

「しずかさんはわざわざ京都まで行き、その画廊から三枚の絵を購入したのです。枝川紀代彦を応援してやりたいと思ったからでしょう。しずかさんにとって、枝川紀代彦は恩人です」

京介は大きく息を吸い込んで吐き出した。

「ところが、諸岡恭平は違う目で見ていました。父親の深田恭一郎が逮捕されたとき、名乗り出てくれれば、父親は死ぬようなことはなかった。その男が画家として世に出ようとしていることが許せないと思ったのではないでしょうか」

「じゃあ、枝川紀代彦の自殺は……」

武藤は目を見開いた。

「青酸カリは諸岡恭平が枝川紀代彦に与えたものではなかったかと、私は思っています」

「なんと」

武藤は唖然とした顔で、

「枝川紀代彦は自殺ではなかった……」

と、呟いた。

「もちろん、私の推測でしかありませんが、間違いないと思っています」

枝川紀代彦が青酸カリを手に入れた方法がわからず、遺書もなかった。だが、松倉城趾に至る中腹の現場に争ったあとはなかった。このことも自殺を結論づけた理由だった。

「現場に争ったあとがなかったのは、枝川紀代彦が自ら青酸カリ入りの水を飲んだからだと思います。諸岡恭平が自ら飲むように追い込んでいったのです。自分の父親が逮捕されたあと、なぜ警察に名乗って出なかったのか、父を自殺に追いやったのはあんただと責めたのではないでしょうか」

京介は息を継ぎ、

「枝川紀代彦は十二歳のときに、止むを得なかった事情があったとはいえ、ひとりの男を殺している。そのことは彼の心に暗い翳を落としていたのです。その上に、諸岡から父・深田恭一郎が自殺だったことを聞かされ、その責任を追及された。そして、青酸カリ入りのペットボトルを渡された」

「諸岡恭平が現場から去ったあと、枝川紀代彦は飲んだのか」

武藤は憤然という。

「不幸はまだ終わらなかった。しずかさんは枝川紀代彦の死に衝撃を受けたでしょう。絵を画廊に持ち込み、これから画家としてのスタートを切ろうとしていた矢先に自殺したのです。しずかさんはこの時点では自殺だと思っていたようです。それは、枝川紀代彦の三枚の絵から感じ取れた深い翳です。それは過去を知っているからこそ感じ取れたものかもしれません。あの絵から、枝川紀代彦がずっと苦しんできたことを知り、紀代彦はそのことに耐えきれずに自ら命を絶ったのだと考えたのです」

京介はそこで一旦言葉を切り、

「ところが自分の考えを一変させる出来事に遭遇したのです。それが、ワイドショーでの諸岡恭平の発言です。コメンテーターだった諸岡恭平は枝川紀代彦の作品を見て、明るい色彩の裏に翳を感じる。作者は心に闇を抱えていたのではないかという感想を述べたのです。しずかさんはこの発言を聞いて、諸岡恭平は枝川紀代彦の過去を知っているのではないかと思ったのです」

「………」

武藤は黙って聞いている。

「それで諸岡恭平のことを調べた。子どものころ両親は離婚し、母親に引き取られた。父親のことはわからなかったが、しずかさんは思い当たることがあり、十八年前、逮捕された男性を調べようと、新聞の縮刷版を当たった。深田恭一郎という名を知る。そして、ふたりが父子であり、深田恭一郎が事故死したことを知った」

京介はいたわるようにはるかに目をやる。

だいじょうぶだと、彼女は目顔で応える。

京介は続けた。

「しずかさんは諸岡恭平に接触し、深田恭一郎が父親であることを確かめ、枝川紀代彦の死を知っていたのではないかと追及した。そして父親の恨みを晴らすために枝川紀代彦を殺したのではないかと詰め寄った」

はるかから溜め息がもれた。

「諸岡恭平は名が売れて、これからもっと飛躍するチャンスがあるときに大きな障碍《しょうがい》が目の前に現われ、逆上したのではないでしょうか。口を塞がなくてはならないと、しずかさんに襲いかかった。しずかさんは必死に逃れていて夢中で包丁を摑んでしまった……」

「姉は……」

初めて、はるかが口を開いた。

「姉は枝川紀代彦さんの仇をとろうとしたのではないですか。紀代彦さんは姉にとって助けてくれた恩人ですから」

「いえ、それはありません。しずかさんは諸岡恭平の部屋を訪問したとき、管理人に顔を見られているし、包丁も諸岡恭平の部屋にあったものです。殺すためなら、もっと用心深い行動をとっていたと思います」

京介は改めて武藤に向かい、

「これが十八年前から今に至る事件の真相ではないかと思っています。もちろん、証拠があるわけではなく、私の推測でしかありません。しかし、一連の流れからして、この私の推測が大きく間違っているとは思いません」

「そうですな」

武藤も厳しい顔で頷いた。

「武藤さん、十八年前の事件を再捜査することは出来ませんか」

「しかし、枝川紀代彦も深田恭一郎も死んで、この世にはいません」

「でも、しずかさんがいます。自転車に乗った少年を追い越していったというタクシーの運転手はいかがですか。まだ健在なら、その少年のことを話してもらえるのでは」

「ええ」

「それから、真相を知った上で、改めて深田恭一郎の取調べの記録や調書など当たり直すと、新しい発見もあるのではありませんか」

京介はさらに、

「枝川紀代彦の死についても新しい何かが見つかるかもしれません」

武藤はしばらく考えこんでいたが、ようやく顔を上げた。

「わかりました。上と相談してみます」

「仮に、再捜査が無理な場合でも」

京介は武藤の顔を見て、

「しずかさんの裁判でこのことを証言していただけませんか」

と、頼んだ。

「いいでしょう」

「ありがとうございます」

「姉の裁判に影響があるんですか。十八年前のことです。真相がはっきりしなかったら、どうなるのでしょうか」

はるかが厳しい表情できいた。

「検察側は不倫の末の別れ話のもつれによる殺人という筋書きで起訴してきました。でも、武藤さんが今回のことを証言してくれたら検察側の主張が成り立たなくなります。起訴事実を証明するのは検察側の役目ですから、こちらの主張を証拠をもって否定し、不倫の末の殺人であるということを証明しなければならないのです。でも十八年前にこういうことがあったという可能性を弁護側は訴えればいいのです」

京介は検察側の立証責任を説明した。

「そうですか。わかりました」

はるかはほっとしたように頷いた。

「鶴見先生、さっそく上に働きかけてみます」

武藤は約束してくれた。

京介は礼を言って立ち上がった。


はるかの車の中で、京介は口にした。

「じつは、やっかいで大きな問題があるのです」

「何ですか、それは？」

ハンドルを握りながら、はるかがきいた。

「今のことをしずかさんは隠していたのです。不倫の末の別れ話のもつれという不名誉な動機を突き付けられても、十八年前の事件は口にしなかった。自分が不利になっても、枝川紀代彦の名誉を守ろうとしたのです。あるいは自分も当事者だからかもしれませんが、しずかさんは枝川紀代彦との因縁を封印しているのです」

「でも、枝川紀代彦さんは姉を守ろうとしただけだったのでは？　そのことを訴えれば皆、わかってくれるんじゃありませんか。そこまでして隠さずとも……」

「ええ。結果は重大でしたが、しずかさんを守るためだったのですから、堂々と告白してもよかったでしょう。ですが、問題はそこではなかったのです」

「と、おっしゃいますと？」

「深田恭一郎が逮捕されたとき、枝川紀代彦としずかさんは何もしなかった、深田恭一郎を助けるために出頭すべきだったのです。まさに、諸岡恭平の言い分のとおりです」

「でも、深田恭一郎は不起訴処分になったではありませんか」

「ええ、枝川紀代彦もしずかさんもほっとしたでしょう。でも、自分たちを助けてくれたひとに対して何もしなかったという負い目を、ずっとふたりは持ち続けたのではないでしょうか」

「…………」

「枝川紀代彦は常に負い目と闘っていたんだと思います。だから、絵にその後悔が色濃く滲《にじ》んでいたのでしょう。また、しずかさんはあの事件を境に芸能関係の仕事に就くことを諦めたのではないでしょうか」

「そういうことだったんですね」

はるかは納得したように頷き、

「姉は芸能関係の仕事に就くと思っていたのに、どうして芸能事務所の誘いを全部断ってしまったんだろうと、不思議でした」

「それがしずかさんなりのけじめだったのかもしれません」

「姉は十八年前のことをまだ隠していくつもりでしょうか」

「わかりません。明日、しずかさんに話してみます」

宮津の町に入ってきた。

「電車、何時ですか」

「十六時一分に特急があります」

今はもう十五時四十分だ。

「昼飯を食いそびれてしまいました。はるかさんにも申し訳ないことをしました」

「いえ、私はだいじょうぶです。それに、十八年前の事件の真相が衝撃的だったので食欲が湧きません。鶴見先生はお腹が空いたでしょう？」

「電車の中でお弁当を食べますから」

車は宮津駅に着いた。

「ここで」

京介はシートベルトをはずした。

「姉をよろしくお願いいたします」

「わかりました」

京介ははるかと別れ、改札に向かった。

4

翌日、京介は小菅《こすげ》にある東京拘置所の接見室で、しずかとアクリルボードをはさんで向かいあった。

しずかは青白い顔をしていて、頬の肉もさらに落ちたような気がする。

「お体のほうはいかがですか」

「ええ、なんともありません」

しずかは感情のない声で答えた。

少し間を置いてから、京介はおもむろに口を開いた。

「十八年前の七月二十五日、京丹後市の大成古墳群で、高久通男というカメラマンの男が死んでいました」

しずかは目を見開き、茫然と京介を見ていた。

「国道一七八号線を走ってきたタクシーの運転手が大成古墳群のほうから出てきたレンタカーとすれ違い、さらに少し行った先で自転車に乗った少年を追い越したそうです」

「………」

しずかは口をわななかせたが、声にならない。

「やがて、警察はレンタカーを借りた深田恭一郎を逮捕しました。しかし、深田は犯行を否認。物的証拠はなく、動機もわからず、嫌疑不十分で不起訴処分になりました。しかし、三年後に深田恭一郎は高速道路でガードレールに激突して亡くなりました。この深田恭一郎の息子が諸岡恭平……」

「先生」

しずかが悲鳴のような声で叫んだ。

「なぜ、そんな話をするのですか」

しずかは咎めるように言う。

「事実を確かめたいのです」

「………」

「自転車に乗った少年もまた大成古墳群から引き上げてきたのです。その少年はスケッチブックを持ってやって来ていたんです。そして、スケッチをしているとき、悲鳴を聞いた。少年は悲鳴が上がった大成8号墳に駆けつけ……」

「やめてください」

しずかは訴えた。

「この事件が今回の事件とつながっているのですね」

京介はしずかの顔を凝視した。

「話を続けます。諸岡恭平は父親は事故死ではなく自殺だと考えていたのです。殺人容疑で警察に逮捕されたが不起訴処分になった。にも拘《かか》わらず、世間は父親が犯人だと疑っていた。真犯人が捕まらなかったからです。職を失い、信用を失い、古代史研究家としても活動出来なくなった。息子だけにはわかってもらおうと、父親は事件の真相をノートに書いておいたのではないでしょうか」

「やめて」

しずかは耳を塞いだ。

「高久通男と大成古墳群に行ったのはあなたですね」

京介は鋭い声できく。

「………」

「いいですか。あの事件に関係する三人が不幸な死に方をしているのです。あなたはその死の真相を隠そうとしている。そんなことが許されると思っているのですか」

しずかは俯いた。

「深田恭一郎は大成古墳群で、あなたや枝川紀代彦を助けてくれたひとではないのですか。自分が逮捕されても決してふたりの名を出そうとしなかった。守り通したのです。しかし、深田恭一郎は嫌疑不十分で不起訴処分になったのに自由になれなかった。元の暮らしに戻ることが出来なかった。真犯人が捕まらなかったからです」

しずかは苦しそうに眉間に皺を寄せた。

「諸岡恭平は枝川紀代彦が画家としてデビューすることが許せず、枝川紀代彦に会いに行った。そして、父親が逮捕されたとき、名乗って出なかったことを責めた。そして、松倉城趾の中腹で青酸カリ入りのペットボトルを渡した。自殺の強要でしょう」

「………」

「あなたはなぜ、深田恭一郎を助けようとしなかったのですか。年上のあなたが枝川紀代彦に、深田さんを助けるために警察に出頭しようと言うべきだったのではないですか。あなたたちには何の落ち度もなかったのですから」

　僅かな沈黙だったが、ずいぶん時間が経ったような気がした。

　ようやく、しずかが顔を上げた。

「深田さんが逮捕されたあと、ふたりで何度か警察署の前まで行ったんです。でも、怖くて中に入れなかったのです。そのうちに深田さんは不起訴処分になって釈放されました。私たちは釈放された深田さんに会い、謝りました。深田さんは気にしないでいいとおっしゃってくださって」

「どうしてそんなにまで、深田さんはあなたたちを守ろうとしたのでしょうか」

「深田さんは離婚したことを後悔なさっていました。別れた息子に何もしてやれなかったと。紀代彦さんに自分の息子さんの面影を見ていたようです」

　自分の想像が当たっていたようだと、京介は思った。

「深田さんはこうおっしゃっていました。自分は古代史の研究にのめり込み、妻や子どものために何もしてやらなかった。君たちのおかげで、少しでもその埋め合わせをすることが出来、私は満足だと」

　しずかはしんみりと言って、

「だから、安心して過ごしてきました。ただ、紀代彦さんは自分が殺したという意識があるので苦しんでいました。でも、悪いのはあのカメラマンだからと、なぐさめたのです」

「高久通男はあなたを騙《だま》して連れ出したのですね」

「ええ。いつもはふたり一組で撮影に来るのにひとりで来たので変だとは思っていたんですが、大成古墳群では周囲にひとがいないと見て、急に襲いかかってきて。紀代彦さんがいなかったら、どうなっていたか……」

　しずかの話は京介の想像と大筋で違っていなかった。

「あなたは、諸岡恭平が枝川紀代彦を自殺に見せかけて殺したと疑い、そのことを確かめるために諸岡に近づいたのですね」

「そうです。諸岡恭平さんのエッセイに自分の死んだ父親は古代史研究家だったと書いてあったのを見つけ、深田さんの息子だと見当がつきました」

「ちょっと待ってください。あなたは宮津に帰ったとき、図書館に行きましたね。地方紙の縮刷版を調べたのでは？」

　京介は口をはさんだ。

「そうです。事件の記事を見るために」

「何のために？　深田恭一郎さんの名を知るためだと思っていましたが、あなたは名前を知っていたのですよね」

　不思議に思ってきく。

「死んだカメラマンのことをもっと知りたかったんです。どんな人間だったのか、周囲からどう思われていたのか」

「高久通男さんのことを？」

　京介は耳を疑った。

「それで京都の探偵社に調査を依頼したのです」

「京都の探偵社ですか」

「後日、調査結果を送っていただきました」

「なぜ、そんなことを？」

「もし、十八年前の事件の真相が明らかになったらどうなりますか。高久通男さんの不名誉が明かされることになります」

「ええ」

　十八年前の事件の状況からは、高久通男は不幸な被害者ということになっている。だが、真実は高久通男がしずかに暴行を働こうとしたことが不幸の始まりだった。高久通男の周辺の人間はそのことを知らない。

「高久さんには奥さんと一歳の娘さんがいたそうです。娘さんは十九歳になり、母親とふたりで暮らしているということです。そういったことを頭に入れて、私は諸岡さんに近付きました。そして、枝川紀代彦さんのことを追及したのです。最初はとぼけていましたが、とうとう諸岡さんは認めました。その上で、逆に私を責めてきたのです」

しずかは息を継ぎ、

「父が逮捕されたとき、どうして警察に名のり出なかったのかと。名のり出てくれたら、父は死ぬようなことはなかったのだと」

と、苦しそうに言った。

「私は何も言い返せませんでした。君たちは被害者だと言って守ってくれた深田さんは私や枝川紀代彦さんの恩人なのです。その恩人を、私は見捨てたのです」

「違います」

京介は叫んだ。

「十八年前、大成古墳群で死体を前にして深田恭一郎氏は大きな過ちを犯したのです。枝川紀代彦がまだ子どもだからと不憫に思い、逃がすことにしたのでしょうが、それが間違いだったのです。あのとき、深田さんは警察にあなた方に代わって何が起きたのかを説明すべきでした」

京介はやりきれないように言う。

「それでも、深田さんが逮捕されたとき、私たちが警察に行けば……」

「あの事件の日、諸岡恭平のマンションの部屋で今のような言い合いをしていたのですね。だが、諸岡恭平は枝川紀代彦殺しを明らかにされることを恐れ、あなたの口を封じようとした」

「じつはあのとき、私は深田さんの思いを口にしたのです。深田さんは枝川紀代彦さんをあなたに重ねていたのだと。妻や子どもに何もしてやれなかった後悔を、紀代彦さんを助けることで埋め合わせを……。深田さんが我が子と重ねて助けた枝川紀代彦さんをあなたは殺したのだと」

「諸岡恭平は何と？」

「突然、嘘だと叫んで私に襲いかかって首を絞めようとしました。私は暴れて抵抗を……」

しずかは息を呑んで、

「そのとき、私は十八年前の大成古墳群でのことが蘇ったのです。あのときの恐怖を思いだし、夢中で包丁を摑んでいました」

「なぜ、警察にほんとうのことを言わなかったのですか」

京介はきいた。

「言えません」

「なぜ、ですか」

「枝川紀代彦さんと私が高久通男さんが死んだことに関わっていることを公表しなければならないからです」

「しかし、あれは正当防衛が……」

「深田さんが逮捕されたときも、私たちは警察に言わなかった。これは非難されるべきことではありませんか」

「…………」

「これから前島先生が枝川紀代彦さんの回顧展を開いてくれると聞いています。枝川紀代彦という画家が世間に認知される大事な時期に、そんな過去を明かされたら……」

　しずかは溜め息をつき、

「枝川紀代彦の絵を変な先入観で見てもらいたくなかったのです。枝川紀代彦の絵は観る側の事情で印象が変わってしまってはいけません。だから、過去の事件を知られたくなかった……。でも、それだけじゃありません」

「高久通男の奥さんと娘さんのことを考えたのですね」

「探偵社の報告では、娘さんも父親の跡を継いでカメラマンになりたいそうです。一歳のときに死んだ父親の顔も覚えていないけど、周囲から評判を聞いて、父親のことを誇りに思って生きてきたそうです」

しずかは訴えるように続ける。

「今になって、自分の父親が殺された理由を知ったらどう思うでしょうか。尊敬する父親が女性にとんでもないことをしようとしていたなんて、今さら知ってどうなるのでしょう。それとも、たとえ誰かが傷ついても真実の前にはそれは止むを得ないのでしょうか」

「…………」

京介は返答に窮した。

「先生は真実を知ることが大事だとおっしゃいますが、それによって傷つくひとがいて、さらに死者の不名誉な過去を暴く。それでも真実を明らかにすることが重要なのでしょうか」

しずかは京介に弁護の根底にある命題について切り込んできた。

真実と言っても、人びとの目に映る現実のことでしかない。真実と思っていることでも、もっと裏に何かあるのかもしれない。ほんとうのことは誰も知らないのだ。

十八年前の大成古墳群での事件もあくまでも京介の見るところの真実かもしれない。たとえば、あの場所に第三者がいて、その人物が高久通男を殺した。その人物をしずかがかばっている。その可能性だってある。

京介が思う真実が絶対に正しいとは言えないのだ。わかっていることは、十八年前に大成古墳群で高久通男が殺されていたという事実だけだ。あとは、タクシーの運転手が大成古墳群から出てくるレンタカーとすれ違ったことと、自転車に乗った少年を追い越していったという事実だ。

その場にいたであろう枝川紀代彦と深田恭一郎は亡くなり、唯一生存するのは河合しずかだけだ。

そのしずかを通して知り得た京介の真実が唯一無二のものであるという確証はどこにあるのか。

そんなあやふやな真実を楯《たて》にとって、いろいろなひとを傷つけて弁護を展開していって意味があるのか。

「先生、どうか十八年前の事件には触れずに弁護をしてくださいませんか」

しずかは思い詰めた顔で言う。

「それですべて解決すると思いますか。あなたは高久通男の娘さんに思いを向けていましたが、高久通男には裏の顔があったそうです。奥さんや娘さんは裏の顔を知らなかったと思いますか」

「…………」

「枝川紀代彦はあなたを助けようとして結果的に殺人を犯してしまったに過ぎません。

そのことが知れ渡っても枝川紀代彦の絵の評価にどれほどの影響を与えるでしょうか。あなたが勝手に思い描いたことがどこまで真実に近いか、間違っていないか、改めて考えてくださいませんか」

京介はさらに強い口調で、

「あなたは肝心なことを忘れています。それは自分の仕合わせを守ることです。河合正人さんとの生活を守ること、それが何より大事なのです。今生きている自分のために、闘ってください。真実を隠そうとして苦しみながら亡くなった、枝川紀代彦さんや深田恭一郎さんもそう言うはずです」

と、諭した。

しばらく経って、しずかは顔を上げた。目には力がこもっていた。

「わかりました。私は生きていきます。夫のためにも」

しずかは力強い声で言った。

「この裁判では十八年前の事件の真相が明らかになることはあり得ません。ただ、諸岡恭平とあなたとの間にこのような因縁があったことを証明するだけでいいのです。検察側の立証の不備が問われます」

十分に勝算はあると、京介は自信を持って言い切った。

拘置所を出たとき、燃えたぎるような陽差しが直撃したが、それさえも気にならずに京介は千代田線の綾瀬駅に向かった。

裁判で勝ったわけでもないのに、京介は興奮していた。河合しずかを説得出来た喜びが気持ちを弾ませていた。

駅構内に入り、はるかに電話を入れた。

「はい、もしもし」

「鶴見です。お姉さん、わかってくれました」

夢中で話しながら、京介の脳裏に大成古墳群から見た青々とした空と日本海の風景が蘇っていた。

解説

小梛治宣

本作は、鶴見京介弁護士が活躍するシリーズの中でも、ちょっとばかり毛色が変わっている、とまず言っておきたい。

というのも、依頼人の家に飾られた三枚の絵から物語が始まるからである。この三枚の絵の中に、無関係に見えるいくつかの環《わ》を繋《つな》ぎ合わせ一本の鎖にする、そのヒントが秘められているからなのである。三枚の水彩画の作者は、枝川紀代彦といい、丹後の出身である。京介が今回担当することになった河合しずかと同郷であることから、彼女が買い求めたということのようだ。

「しずか」といえば、その絵の中に静御前が描かれた一枚がある。河合しずかの生まれた京丹後市網野町は静御前の生地で、静神社があるのだ。夫の河合正人によれば、彼女の名前もそこに由来しているというのだ。

ところで、ミステリーファンならば、京丹後市網野町と聞いて思い浮かぶのは、松本清張の『Dの複合』ではなかろうか。そこでは主人公の作家が、浦島伝説の取材のため、網野町を訪れる。「そこの海岸には浦島太郎の伝説が遺《のこ》っていて、現に浦島大明神を祭神とする網野神社というのがある」と、清張は書いている。本作では、それが静神社に換わっているというわけだ。清張を敬愛する作者ならではの舞台設定なのではないか、と私は思っているのだがどうであろうか。加えて、清張の作品では、古代史が現代の事件と関わりをもっているが、本作でも考古学が背景にないとはいえないのである。

では、京介が扱う事件そのものに目を向けてみることにしたい。その事件とは、『河合製作所』専務河合正人の妻、河合しずか（三十三歳）が、フリージャーナリスト諸岡恭平（三十八歳）を、包丁で刺して殺したというものだ。事件現場は、墨田区にある諸岡のマンションである。諸岡は、最近ではテレビのワイドショーのコメンテーターとしても人気が出てきた渋い二枚目である。

警察ではしずかが最初から殺す目的で、諸岡の部屋を訪ねたと考えていた。二人は不倫関係にあり、別れ話のもつれが動機と、警察はみているのだが、しずかは「不倫」そのものを完全に否定していた。

ではなぜ、諸岡の部屋へいったのか？　京介に対しても、しずかはその真の理由をはっきり言おうとはしない。どうやら、二人を結びつける「環」となったのは、枝川紀代彦の絵であったらしい。諸岡は、テレビ番組の「埋もれた天才たち」というコーナーで、枝川紀代彦が五年前に自殺していることを知らずに、「心に闇を抱えている」と鋭いコメントを発し、それが評判になっていた。上野の都美術館で偶然諸岡を見かけたしずかが、そのコメントについて尋ねたことが、二人が出会う切っ掛けだったようだ。

諸岡の知人や友人は、不倫で騒がれると一生を棒に振ることを十分認識していたはずの彼が、不倫などをするはずがない、と声を揃《そろ》えて語る。では、しずかと諸岡の間で何が起っていたのか。そこに枝川紀代彦の「絵」は、関わっているのか否か。いるとすれば、どんな関わりがあるというのか……。

ところで、「絵」に重要な役割をもたせる場合には、読者の脳裏に絵の具体的なイメージを浮かび上らせる必要がある。そうでなければ、読者を小説の世界に完全に引き込むことが難しくなってくる。

では本作で作者はいかなる方法でそれを可能としたのか。なんと、実在した画家を枝川紀代彦の絵をイメージさせる「環」としているのである。二〇二〇年に九十四歳で亡くなった安野光雅である。森鷗外の出生地である島根県津和野に生まれ、教師をしながら独学で絵を勉強し、四十二歳のときに『ふしぎなえ』で、絵本作家としてデビューした。この本はシカゴ・トリビューン・オナー賞を受賞し、一九七四年に刊行した『ＡＢＣの本』などでは、芸術選奨文部大臣新人賞を受賞し、絵本作家としての地位を確立することになる。だが、その創作領域は絵本にとどまらず、『旅の絵本』に代表される風景画、司馬遼太郎『街道をゆく』などの挿絵、本の装幀《そうてい》、切り絵など多岐にわたる。

私の手元に『別冊太陽・安野光雅の本』（平凡社、二〇一六年）があるが、その仕事ぶりは圧巻という他ない。その安野光雅を師と仰ぎ、独学で絵を描いていたのが、枝川紀代彦なのである。だからその絵には、安野光雅の世界を思い起させるものがあった。枝川は子どものころ、安野光雅の絵本を愛蔵していたが、しずかもまた安野の絵本を所持していた。

しずかの所持する三枚の絵は、丹後地方の風物が、安野光雅風に描かれたものであった。どこかで一度は読者も目にしているはずの実在の画家を巧みに取り入れることで、枝川の描いた絵がどのような雰囲気をもったものなのかが、そして、そうした絵を描く枝川の人物像すらも脳裏に浮かび上ってくることになる。そこに、私は本作の読み所の一つと、シリーズ中の異色さとを感じ取ったのである。

とはいっても、京介の前に立ちはだかる壁は、被害者の諸岡と枝川紀代彦との間に繋がりがあったのか否かということだ。テレビでは枝川の自殺を知らなかったというが、それは本当のことなのか。もし、知っていたとすれば、無名の画家だった枝川の自殺をなぜ知っていたのかという疑問が残る。この二人を結ぶ「環」は、どんな形で存在しているのだろうか。そこに事件の真実を解く鍵がある。

枝川紀代彦が自殺したのは、五年前の四月、その年の六月には和《わ》久《く》傳《でん》ノ森に「森の中の家 安野光雅館」という施設がオープンしているのだ。敬愛する安野光雅に会うことさえできたかもしれないのに、それを待たずに死ぬほど、彼は何かに苦しんでいたというのだろうか。その状況からすると、自殺でなかった可能性も完全に否定できない。自殺でないとすれば……。

すべての遠因は、ある事件が起きた十八年前にあるのではないか。その当時、枝川は十二歳、しずかが十五歳、そして諸岡は二十歳だった。この三人を結ぶような「環」を探すため、京介は過去へ遡ることになった。十八年前、しずかと枝川紀代彦とが出会っていたことは確かなようだ。

静御前の再来を思わせる美少女のしずかに対して孤独な日々を送っていた紀代彦は何を感じていたのか。彼の心の内は、しずかの所持する三枚の絵に秘められているのか……。

そして、中学三年で当時芸能界に入ることを熱望していたしずかが、突然進路を変え、上京することなく地元の高校へ進学してしまったのはなぜか？　京介は、その点にも引っ掛りを感じていた。十八年前に起った何かが、しずかに影響を与えたと考えることもできる。それは何だったのか？

だが、当時二十歳で丹後地方とも関係のない諸岡恭平と枝川紀代彦との関連は、どこにも発見することができない。とすれば、諸岡の過去を探るしかない。ここで浮かび上ってきたのが、彼の父親の存在である。丹後には古代に丹後王国が存在し、多くの古墳群がある。そして、諸岡の父親は、古代史の研究をしていた。とすれば、そこに枝川と諸岡を繋ぐ「環」が隠されているのかもしれないのだ。

京介が、しずかが隠し通そうとした意外な真実を突きとめんとした時、彼女は不倫を認め、自らの意思で諸岡を殺害したと自供してしまった……。

なぜ本当のことを言わないのかと問い詰める京介に対して、しずかはきっぱりと「真実より大事なものがあるんです」と言い切った。自らを犠牲にしてまで、彼女が守ろうとしているのは誰なのか、そして何なのか？

「あなたは肝心なことを忘れています。それは自分の仕合わせを守ることです。（中略）今生きている自分のために、闘ってください」――この京介の叫びが、しずかの心の扉を開くことができるのか。諸岡としずかは不倫関係ではなく、過去に因縁があったことを裁判で証明してみせると宣言して法廷に臨まんとする、京介の凛《りん》とした姿に、小杉健治ワールドの真骨頂をみた気がした。おそらく、読者の脳裏には薄幸の画家の遺した三枚の水彩画がくっきりと浮かび上り、その余韻がいつまでも消えずに残るはずである。そのあたりを、じっくりと味わっていただきたい。

（おなぎ・はるのぶ　文芸評論家／日本大学名誉教授）

本書は、集英社文庫のために書き下ろされた作品です。

この作品はフィクションであり、実在の個人・団体・事件・地名などとは一切関係ありません。

小杉健治の本

覚悟

川原は、同僚殺害容疑で逮捕起訴された。弁護士の鶴見は、川原の無実を信じ、彼の故郷・小倉へ飛ぶ。すると、思わぬ過去が……。真実と正義のために闘う迫真のミステリー。書き下ろし。

冤罪

男が練炭自殺。親しかった美奈子に容疑がかかる。鶴見弁護士は、弁護のため美奈子の過去を探るうち、彼女が真犯人ではないかと疑う。苦悩する鶴見は真相を求めて……。長編ミステリー。

集英社文庫

小杉健治の本

最期

鶴見は、ホームレス殺害容疑をかけられた岩田の弁護を引き受けた。だが、無罪を主張する岩田が身分を偽っているという疑惑が浮上。裁判員から岩田の過去の情報を得た鶴見は……。

生還

失踪した妻を捜し、郡上八幡へ毎年通い続ける男・悠木と知り合った鶴見弁護士。だが、悠木にジャーナリスト殺害の嫌疑が。彼の無実を信じる鶴見の奮闘！　感動の家族ミステリー。

小杉健治の本

結願

殺人容疑で逮捕された大峰。彼の弁護を担当することになった鶴見だが、無実を訴える大峰のアリバイが崩れて……。事件の真実を求めて、四国お遍路へ向かう鶴見の闘い！

邂逅

立待岬で親友が墜落死。犯人は正当防衛を主張するが、鶴見弁護士は不審を抱いて……。真実を探るうち、死者の恐るべき企みが明らかに。償いの意味を問う、慟哭のミステリー！

集英社文庫

集英社文庫

連《れん》 鎖《さ》

2023年4月25日　第1刷　　定価はカバーに表示してあります。

著　者　小《こ》杉《すぎ》健《けん》治《じ》

発行者　樋口尚也

発行所　株式会社 集英社
東京都千代田区一ツ橋2-5-10　〒101-8050
電話　【編集部】03-3230-6095
【読者係】03-3230-6080
【販売部】03-3230-6393（書店専用）

印　刷　株式会社広済堂ネクスト

製　本　株式会社広済堂ネクスト

フォーマットデザイン　アリヤマデザインストア　　マークデザイン　居山浩二

ISBN978-4-08-744516-9 C0193